De playboy a rey

Kristi Gold

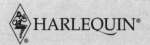

HARLEQUIN®

Editado por HARLEQUIN IBÉRICA, S.A.
Hermosilla, 21
28001 Madrid

I.S.B.N.: 84-671-3174-8
Depósito legal: B-36000-2005
Editor responsable: Luis Pugni
Composición: M.T. Color & Diseño, S.L.
C/. Colquide, 6 portal 2 - 3º H, 28230 Las Rozas (Madrid)
Fotomecánica: PREIMPRESIÓN 2000
C/. Algorta, 33. 28019 Madrid
Impresión y encuadernación: LITOGRAFÍA ROSÉS, S.A.
C/. Energía, 11. 08850 Gavá (Barcelona)
Fecha impresion para Argentina: 19.7.06
Distribuidor exclusivo para España: LOGISTA
Distribuidor para México: CODIPLYRSA
Distribuidores para Argentina: interior, BERTRAN, S.A.C. Vélez
Sársfield, 1950. Cap. Fed./ Buenos Aires y Gran Buenos Aires,
VACCARO SÁNCHEZ y Cía, S.A.
Distribuidor para Chile: DISTRIBUIDORA ALFA, S.A.

Prólogo

El príncipe Marcelo Federico DeLoria era aficionado a los coches rápidos y a la libertad que sentía al correr por las carreteras con curvas muy cerradas. No obstante, su mayor placer procedía de curvas más peligrosas, que sólo podía hallar en una mujer. Apreciaba todos los matices del sexo opuesto: el aspecto, el olor, la inteligencia innata y, no podía negarlo, el reto que podía suponer darle caza.

Pero tanto como le encantaban las mujeres, odiaba las despedidas y, por algún motivo, evitaba los enredos emocionales. Aun así, aquella noche, un adiós inevitable pendía sobre él como una guillotina, colocada para cortar lazos tejidos durante cuatro años.

Marc había conseguido su diploma en Harvard unas horas antes y estaba listo para independizarse. Sin embargo, no estaba demasiado impaciente por despedirse del jeque Dharr Halim, sucesor al trono de su país, ni de Mitchell Edward Warner III, hijo de un senador de Estados Unidos y miembro de la realeza estadounidense por derecho propio. Tres hombres unidos por la posición social y el legado que conllevaba; unidos para siempre por una amistad surgida y afianzada durante el tiempo que habían pasado juntos.

El ruido del jolgorio se filtraba por la puerta; una celebración que marcaba el final de una era; el final de su juventud, por decirlo de algún modo. El trío había preferido olvidarse de la fiesta y encerrarse en el piso donde había pasado los cuatro últimos años hablando de cultura, de política internacional y de sus aventuras esquivando a los paparazzis. Y, sobre todo, hablando de su tema favorito: las mujeres.

Pero aquella noche prevalecía un silencio inusitado, como si los temas habituales fueran intrascendentes a la luz de lo que les esperaba: un futuro que ninguno podía pronosticar más allá de las expectativas familiares.

Marc estaba reclinado en el sillón, con los pies en la mesita; Dharr, sentado regiamente en la tumbona de cuero, enfrente de Marc, ya sin el clásico pañuelo árabe en la cabeza, pero sin perder un ápice de su aspecto de líder nato; y Mitch, sentado en el suelo y apoyado contra la pared como de costumbre, con sus clásicos vaqueros y sus botas de cuero desgastadas.

Aunque eran muy distintos, y Marc lo reconocía, compartían el sino de la notoriedad, y sus frecuentes reuniones eran una forma de sobrellevar la presión de la fama.

Mitch dejó a un lado la revista que había estado leyendo desde que habían llegado y tomó la botella de champán francés, cortesía del hermano de Marc, el rey.

—Ya hemos brindado por nuestro éxito —dijo, rellenando las copas—. Ahora propongo que brindemos por una larga soltería.

Dharr levantó la suya.

—Brindo por eso.

Con el champán en la mano, Marc se detuvo a pensar una despedida apropiada, que despertara el interés de sus amigos.

—Prefiero proponer una apuesta.

Dharr y Mitch se miraron de reojo.

–¿Qué clase de apuesta, DeLoria? –preguntó Mitch.

–Bueno, ya que hemos acordado que no nos casaremos en un futuro inmediato, sugiero que nos obliguemos a cumplir ese acuerdo y sigamos solteros para nuestra décima reunión.

–¿Y si no lo estamos? –quiso saber Dharr.

Marc sólo veía una forma de asegurar el éxito de la apuesta.

–Estaremos obligados a renunciar a nuestro bien más preciado.

–¿Renunciar a mi purasangre? –replicó Mitch, con una mueca de dolor–. Eso sería muy duro.

Dharr miró el cuadro abstracto que colgaba de la pared.

–Tengo que reconocer no me gustaría perder mi Modigliani.

–De eso se trata, señores –dijo Marc–. Si las posesiones no significaran nada, la apuesta no tendría sentido.

Mitch lo miró con recelo.

–De acuerdo, DeLoria. ¿Y tú qué apostarías?

Marc casi no dudó antes de contestar.

–El Corvette.

–¿Renunciarías al coche del amor? –preguntó Mitch, con incredulidad.

–Por supuesto que no. No voy a perder.

Lo decía en serio, porque Marc DeLoria odiaba perder algo de valor.

–Ni yo –aseguró Dharr–. Pueden pasar diez años antes de que me obliguen a aceptar un matrimonio concertado para tener un heredero.

–Por mí no hay problema –dijo Mitch–. Voy a evitar casarme a toda costa.

Dharr volvió a alzar su copa.

–¿Estamos todos de acuerdo?

Mitch chocó la copa con las de sus amigos.

–Conforme.

Marc levantó su copa y selló el moderno pacto entre caballeros.

–Que empiece la apuesta.

Marc no tenía reparos sobre la apuesta. Sin duda, podía resistirse a la tentación de cualquier mujer que se sintiera inclinada a atarlo a una existencia aburrida. No le interesaba casarse ni estaba obligado a hacerlo. Lo único que le resultaba menos atractivo que el matrimonio era gobernar su país. Pero gracias a su puesto en la línea de sucesión, el príncipe Marcelo Federico DeLoria tendría que sufrir nunca el destino de convertirse en rey.

Capítulo Uno

Nueve años después

Marcelo Federico DeLoria había subido al trono.

Kate Milner sólo lo había conocido como Marc, un hombre extremadamente atractivo y, como él mismo reconocía, un pésimo estudiante de biología al que ella había dado clases durante su primer año en Harvard. Y el tal Marc se había convertido en el gobernante de Doriana, un pequeño país europeo.

Era increíble.

Y, desde luego, también era increíble que ella estuviera en un castillo de cuento de hadas a miles de kilómetros de casa, preparándose para volver a verlo después de casi un decenio.

Kate sonrió al pensarlo, pero su sonrisa desapareció inmediatamente cuando lo vio aparecer al final del vestíbulo del palacio, acompañado por un pulcro y almidonado hombre de mediana edad. A medida que Marc se acercaba, las paredes espejadas parecían retroceder. Seguía teniendo el mismo pelo castaño claro y revuelto de siempre, aunque algo más largo. Aunque medía poco más de un metro ochenta, parecía más imponente que antes, con un pecho y unos hombros anchos, cubiertos por un jersey que realzaba la musculatura de los brazos. También llevaba unos vaqueros descoloridos, y unas gafas de sol en la mano. A Kate la sorprendió verlo con el mismo tipo de ropa que usaba en la universidad, porque, a fin de cuentas, era un rey.

No esperaba que llevara un cetro, una corona y una capa roja de terciopelo, pero sí que por lo menos se hubiera puesto un traje caro, no un atuendo tan normal.

Marc se detuvo a pocos pasos de distancia, y Kate se sintió tan abrumada por su presencia que se le aceleró el corazón. Hizo un esfuerzo para mantener la compostura cuando se vio ante aquellos penetrantes ojos azul cobalto; ya no tenían la alegría que tantas veces había visto durante el tiempo que habían compartido. Vio en ellos algo que no alcanzaba a definir; un cambio definitivo que iba mucho más allá del aspecto físico.

Lo que sí tenía claro era que Marc no parecía haberla reconocido. Aunque no tenía por qué. Ella también había cambiado y, con suerte, para mejor.

El inglés dio un brusco paso adelante e hizo una ligera reverencia.

—Doctora Milner, soy Bernard Nicholas, el ayuda de cámara de su majestad.

Kate tuvo la ilógica necesidad de saludar o hacer una reverencia, pero optó por sonreír.

—Encantada.

Nicholas volvió su atención al estoico y silencioso rey.

—Majestad, le presento a la doctora Katherine Milner, nuestra última candidata para el puesto del hospital.

Marc avanzó y tendió la mano, que Kate tomó después de un momento de vacilación.

—Bienvenida a Doriana, doctora. Le ruego que disculpe mi aspecto. No sabía que fuera a venir.

Su voz sonaba como Kate la recordaba, elegante y seductora, aunque un poco más grave. Aun así, no parecía complacido, y en su expresión no había el menor atisbo de sonrisa. De hecho, su amabilidad parecía casi forzada. La hora y la barba sin afeitar hacían que Kate no pudiese evitar preguntarse si llegaba de pasar la noche con una mujer.

Aunque la vida privada de Marc no era de su incumbencia, el contacto de aquellos dedos largos y masculinos le generó una particular tensión; la clase de tensión que sentía cuando se encontraba con un hombre al que había querido mucho. Pero Marc DeLoria no era un hombre cualquiera; nunca lo había sido. Y, obviamente, no se acordaba del tiempo que habían pasado juntos.

Kate decidió que sólo necesitaba que se lo recordaran.

—Es muy grato volver a verlo, majestad.

Él le soltó la mano y frunció el ceño.

—¿Nos conocemos?

—En realidad, la última vez que estuvimos juntos diseccionamos a una rana.

Tras el gesto confundido de Marc, Kate alcanzó a ver fugazmente a la persona encantadora y despreocupada que había conocido antaño.

—¿Katie? ¿La profesora particular?

Ella titubeó y durante un momento volvió a ser la chica circunspecta de la universidad. Sin embargo, se recompuso y se obligó a mirarlo a los ojos.

—Así es. Soy Katie, la profesora particular. Aunque ahora prefiero que me llame Kate, o doctora Milner, si es más apropiado para su condición actual.

—¿Mi condición actual?

—Es el rey, ¿recuerda?

—Ah, sí. Ésa condición.

Marc se quedó mirándola un rato, como si no se pudiera creer que estuviera allí. A decir verdad, Kate tampoco se lo podía creer y, tras un silencio incómodo, retomó la charla.

—Ha pasado mucho tiempo, ¿verdad?

—Sí, mucho —contestó él, aún sin sonreír, pero

con menos perplejidad–. ¿Podemos tener la entrevista en la biblioteca, doctora?

Obviamente, Marc no tenía intención de rememorar el pasado, y ella accedió a su petición.

Al entrar en la biblioteca, sintió el perfume de su viejo compañero de estudios y se estremeció. Marc la dejaba sin aliento. Siempre había sido así.

Kate se recompuso y echó un vistazo al lugar.

–Menuda colección de libros –comentó.

–Son los favoritos de mi madre.

Se sentaron en unos elegantes sillones cerca de la ventana. Cuando Nicholas se apostó junto a la puerta, Marc le dijo:

–Puede retirarse.

–Disculpe, pero creo que sería mejor que me quedara, teniendo en cuenta que nuestra invitada es una dama.

–No estamos en el siglo XVIII, Nicholas. Puede retirarse.

–La reina madre...

–Entendería la necesidad de intimidad.

–Pero...

–Le aseguro que la virtud de la doctora Milner no corre peligro –replicó Marc, volviendo su atención a Kate–. ¿La molesta estar a solas conmigo?

Ella se encogió de hombros.

–En absoluto. Además, no sería la primera vez.

Y esperaba que tampoco fuera la última.

Marc le dirigió otra mirada de advertencia a su edecán.

–Dígale a la señora Torreau que le traiga algo de merendar a la doctora.

–Como quiera, su alteza serenísima –dijo Nicholas, antes de irse.

Kate miró a Marc, que parecía cualquier cosa menos contento.

–¿Su alteza serenísima?

–No le haga caso. Nicholas lleva siglos con la familia y tiene una particular inclinación por los títulos pomposos. Aunque debería sentirse halagada: sólo se comporta así cuando siente que el invitado podría apreciar su humor británico, por decirlo de algún modo.

–Ah. Es una especie de juego.

–Un juego al que preferiría no jugar.

Kate podía imaginar los juegos que le gustaban a Marc, juegos sensuales, y no le habría importado jugarlos con él. Pero había ido a conseguir un trabajo, no a jugar.

Marc se arrellanó en su sillón y la miró detenidamente.

–¿Cómo se enteró de que estábamos buscando médicos en Doriana? –preguntó.

Ella se sintió incómoda ante el escrutinio. Había tenido un largo viaje, tenía el traje arrugado, se le había estropeado el peinado y, cuando él le miró la boca, supuso que tendría los dientes manchados de lápiz de labios, pero se resistió a la necesidad de pasarse un dedo para limpiárselos.

–Leí el reportaje en el periódico de antiguos alumnos, justo después de la coronación. Decía que su primera medida sería reclutar médicos, así que me puse en contacto con el hospital. Por cierto, siento mucho lo del accidente de su hermano.

Kate vio la tristeza en los ojos de Marc.

–¿Estudió medicina en Harvard?

Ante el repentino cambio de tema, Kate supo que no debía volver a mencionar la muerte del hermano.

–En realidad, volví a Tennesse y me doctoré en Vanderblit. Necesitaba estar cerca de mi familia.

–¿Alguien estaba enfermo? –preguntó él, con sincera preocupación.

–No, pero me echaban mucho de menos.

Su familia siempre había sido muy sobreprotectora, y era uno de los motivos por los que Kate había decidido solicitar el puesto en Doriana. El otro motivo estaba sentado delante de ella. Estaba cansada de ser la hija perfecta y responsable, la persona de la que sus padres dependían para todo. Aunque los quería mucho, le habría gustado tener hermanos para compartir la carga.

–Si necesitaba estar cerca de su familia, ¿por qué ha viajado miles de kilómetros para trabajar en nuestro hospital?

–Necesito un cambio.

–¿Cuál es su especialidad? –preguntó él, confirmando que sólo le interesaba la entrevista laboral.

–Soy médico de familia, pero lo que más me gusta es trabajar con niños.

–Hemos hecho progresos en la atención pediátrica, pero no tantos como querría.

–Me encantaría el desafío, Marc. Quiero decir, majestad. Perdón.

–No tiene que disculparse, doctora.

–Preferiría un trato más informal. Soy una persona sencilla.

–Pero también eres médico. No es algo que pueda decir cualquiera.

Ella se sonrojó. No estaba acostumbrada a los halagos.

–Hablando de médicos –dijo–, ¿cuándo decidirás a quién contratar?

–Cuando encontremos al candidato ideal. Ahora cuéntame qué experiencia tienes.

–¿A qué experiencia te refieres exactamente?

Kate deseó que se la tragara la tierra. No entendía cómo podía haber hecho una pregunta tan estúpida. Sin duda, Marc la tenía atontada.

–A la experiencia en medicina, desde luego. A menos que creas que me podría interesar otra.

Ella tragó saliva.

–En lo que a medicina se refiere, acabo de terminar la residencia en el hospital y nunca he tenido una consulta privada.

–Supongo que has tenido una buena formación.

–En uno de los mejores hospitales del país –declaró con orgullo.

–Entonces se supone que puedes ocuparte de nuestra clínica.

–Seguro que sí. ¿Y cuánto cobraría?

–Si llegamos a un acuerdo, estoy dispuesto a equiparar el salario que tenías en Estados Unidos.

–Créeme, mi salario apenas me permitía llegar a fin de mes. Muchas horas y poca paga.

–Yo podría pagarte el doble. O más, si es necesario.

–¿Y por qué ibas a hacer eso?

–Porque necesitamos buenos médicos. Y, a fin de cuentas, somos viejos amigos.

–Viejos compañeros de laboratorio –lo corrigió ella–. Nunca pensé que fuéramos amigos.

Marc se echó hacia atrás, pero le sostuvo la mirada.

–¿Y eso por qué, Kate?

–Creo que es obvio. Tú eres rey y yo sólo soy yo.

–Pero en aquella época no era rey.

–No, eras príncipe. Eso hacía que no acabara de sentirme cómoda contigo.

–¿Te sigo incomodando? –preguntó él, con un tono que tenía tanto de desafío como de tentación.

–La verdad es que no –mintió Kate–. He tenido muchas entrevistas de trabajo. Considero esta oportunidad como una aventura.

–¿Estás buscando una aventura?

–Y un trabajo.

–Lo del trabajo lo tenemos cubierto. Pero ¿qué tipo de aventura buscas, al margen de lo laboral?

La pregunta quedó en el aire unos segundos.

—No estoy segura —contestó ella—. ¿Tienes alguna sugerencia?

La mirada que le dirigió Marc decía que sin duda tenía muchas.

—Por desgracia, en julio, Doriana es un sitio muy tranquilo. Pero en invierno podría llevarte a las estaciones de esquí. Tenemos unas pistas fantásticas, si no te da miedo probar algo que podría ser peligroso.

Por algún motivo, aquello sonaba como una invitación al pecado.

—No he esquiado en mi vida, pero suena divertido.

—No me molestaría enseñarte cómo pago por lo que me enseñaste a mí. De no haber sido por ti, dudo que hubiera aprobado biología.

Ella estaba dispuesta a aprender cualquier cosa que Marc quisiera enseñarle.

—¿Eres buen esquiador?

—Sí —afirmó él, mirándola con intensidad.

—Imagino que debes de ser bueno en todo lo que haces. Exceptuando la biología, claro.

—Yo diría lo mismo de ti, Kate, teniendo en cuenta el dominio que tenías conmigo ese año.

Ella se pasó una mano temblorosa por el pelo.

—Es gracioso. No recuerdo haberte dominado en absoluto.

Él adoptó una pose casi insolente y la recorrió con la mirada.

—Bueno, si me hubieras dominado literalmente, te aseguro que no lo habría olvidado.

Marc no imaginaba cuántas veces había fantaseado Kate con dominarlo, cuántas veces había soñado con volver a verlo, ni los instintos básicos que despertaba en ella.

Tras un silencio tenso, la realidad volvió a golpear la mente de Kate. No podía repetir el error de enamorarse perdidamente de él, a sabiendas de que nunca la correspondería. Había madurado y ya no tenía fantasías románticas con hombres inalcanzables. Lo único que sentía por Marc DeLoria era cariño.

Tal vez aquélla no fuera la definición más exacta. En realidad, lo que sentía era un deseo irrefrenable de lanzarse sobre sus aristocráticos huesos. Pero no lo iba a hacer.

Marc DeLoria era un rey dinámico, un hombre con un enorme magnetismo. Y, por lo que decía la prensa, uno de los solteros más codiciados del mundo.

Kate trató de mostrarse despreocupada mientras la mirada atenta de Marc hacía que le subiera la temperatura.

—¿Necesitas saber algo más de mí? –preguntó.

—Si no estás muy cansada por el viaje, hay una cosa que me gustaría hacer contigo.

A ella se le aceleró el corazón.

—¿De qué se trata?

—Enseñarte el hospital, en cuanto me ponga un atuendo más apropiado.

Kate volvió a respirar. Por un momento había esperado que le propusiera algo más excitante.

—Me encantaría ver las instalaciones.

—Si quieres, el puesto es tuyo.

Ella frunció el ceño.

—¿Así, sin más?

—La verdad es que ya venías muy bien recomendada por el director del hospital en el que trabajabas. Nuestra reunión ha sido una mera formalidad.

—Voy a considerar seriamente la oferta. Pero antes me gustaría echar un vistazo para asegurarme de que me interesa.

—Por cierto, ¿tienes alojamiento?

–Tengo una habitación en el Saint Simone Inn.

–Deberías hospedarte en palacio. Aquí estarías mucho más cómoda.

Pero Kate sabía que aunque hubiera cien habitaciones, y sospechaba que las había, no podría estar cómoda con él allí.

–Te agradezco la hospitalidad, pero prefiero quedarme en el hotel.

–Avísame si cambias de idea.

–Muy bien.

En aquel momento llamaron a la puerta, y una mujer corpulenta y canosa entró en la habitación con una bandeja con té y bollos. Marc no quiso té, pero cuando se fue la mujer, tomó una pasta y se la ofreció a Kate en la boca.

–Prueba los mazapanes. Son uno de mis dos placeres favoritos.

Ella no estaba segura de poder tragar.

–¿En serio? ¿Y cuál es el otro?

Por fin, Marc sonrió.

–Cualquier persona debería tener derecho a guardarse algún secreto, Kate. Hasta un rey.

Dada la manifiesta sensualidad de Marc, ella sospechaba que tenía un montón de secretos. Y también sospechaba que su otro placer favorito no tenía menos que ver con la comida que con sus deseos como hombre. Un hombre demasiado tentador para su salud.

Desde que había salido de Harvard, Marcelo había pasado casi ocho años viajando y viendo las maravillas del mundo. En los últimos nueve meses había visto el insoportable escrutinio al que estaba sometido un rey. Aunque en todas sus vivencias jamás había visto nada tan sorprendente como la mujer que estaba sentada con él en el asiento trasero del Rolls-Royce.

Cuando la había conocido años atrás era una estudiante tímida e inteligente que se escondía detrás de unas gafas gruesas y ropa demasiado holgada, pero se había convertido en una mujer con estilo y segura de sí misma. Marc admiraba tanto su confianza como sus cambios físicos.

Mientras avanzaban por Saint Simone hacia el hospital, se volvió a mirar las pintorescas tiendas de las calles adoquinadas. Aunque casi no había tráfico, las calles estaban atestadas de turistas y de residentes que se habían detenido a mirar pasar la comitiva. Marc tenía la impresión de que nunca se acostumbraría a semejante espectáculo.

A veces salía a caminar entre los vecinos como un hombre cualquiera y entraba a la confitería a comprar palos de nata, su segunda pasión favorita en lo relativo a la comida. Otras veces se ponía una vieja sudadera y unos vaqueros e iba a jugar al rugby con el equipo local. Otras, deseaba no haber nacido en la nobleza.

—Esta ciudad es increíble.

La suave cadencia de la voz de Kate le hizo volver su atención a ella. Recordó que en la universidad estaba enamorado de su encantador acento. Sin embargo, nunca la había visto más que como a una amiga y, en cierta medida, como una salvación. De no haber sido por ella jamás habría terminado aquel extenuante primer curso en Harvard.

—¿Qué es ese edificio de allí? —preguntó Kate, señalando una construcción.

—Es la catedral de Saint Simone. Mis padres se casaron ahí.

Ella lo miró con sus increíbles ojos verdes.

—Es una preciosidad. Todas esas vidrieras...

Para Marc, Kate también era una preciosidad.

Suponía que para muchos sólo sería bonita, con su nariz respingona, sus pecas y sus facciones angulosas. Pero sus enormes ojos, de un color parecido al de los bosques de los Pirineos, y su melena castaña, eran atributos más que apetecibles.

Por mucho que lo intentara, Marc no podía quitarle los ojos de encima. El traje color lavanda se ajustaba a la perfección, revelando unas piernas elegantes que llamarían la atención de cualquier hombre. Aunque era de constitución mediana, tenía curvas muy generosas. Pero él siempre había pensado que algunas de las mejores cosas de la vida venían en envase pequeño e imaginaba que Kate no era la excepción.

Aunque no debía, la veía como una mujer atractiva a la que deseaba conocer mejor. No en los fríos confines de un laboratorio de universidad, sino entre sábanas de seda. Sin embargo, era imposible.

Por mucho que el hombre que había en Marc deseara a Kate Milner, el rey en que se había convertido le impedía actuar en pos de su deseo. Tenía que mantenerse firme para conseguir convertirse en un líder respetado.

Aun así, se imaginó recorriendo el delicado cuello de Kate con la boca entreabierta, subiendo hasta sus labios y devorándola con un beso. Ella le respondía ardientemente, incitándolo a seguir mientras él le deslizaba una mano por debajo de la falda y la subía hasta rozar el centro de su ser. La tentaba con los dedos, con la boca, y la hacía gemir, ansiosa por sentirlo dentro. Él le hacía el amor sin preocuparse de quién era ni de dónde estaba, sin considerar las consecuencias.

El vehículo se detuvo de repente, arrancando las imágenes de su mente, pero no la tensión que la fantasía le había provocado. Estaba excitado y no podía hacer nada para ocultar la erección. Sólo esperaba que Kate no lo notara antes de que tuviera oportunidad de recomponerse, y que la chaqueta lo cubriera cuando salieran del coche.

Marc enderezó los hombros y adoptó su pose de rey mientras seguía luchando contra el deseo que sentía por Kate Milner. Desestimó su apetito sexual para seguir con el largo celibato al que estaba condenado desde que la trágica muerte de su hermano lo había obligado a convertirse en soberano de Doriana.

Se arregló la corbata y le dirigió a Kate una sonrisa cortés.

—Parece que hemos llegado —dijo.

Y justo a tiempo. De lo contrario, podría haberse olvidado de quién era y de lo que le hacía falta: una vida propia.

Ajena a la incomodidad de Marc, Kate miró por la ventana al sencillo edificio de dos plantas.

—Es un hospital muy bonito.

Marc detectó el atisbo de decepción en su tono.

—Es muy pequeño y carece de equipamiento moderno, pero estoy decidido a arreglar eso cuanto antes.

La asistencia sanitaria era de suma importancia, no sólo para Marc, sino también para su pueblo. Doriana necesitaba mejores servicios, más médicos. Si se hubiera modernizado el hospital, tal vez Philippe estaría vivo, y Marc no tendría que reprimir sus deseos.

Kate sonrió comprensivamente.

—Estas cosas llevan su tiempo.

Aunque Marc no podía estar más de acuerdo, sentía que se estaba quedando sin tiempo.

Cuando Nicholas abrió la puerta, Marc tomó a Kate de la mano y la ayudó a salir del coche. El simple contacto con sus dedos le disparó una nueva fantasía. Se preguntaba cómo iba a hacer para mantener el control con ella cerca.

Sólo con una enorme fuerza de voluntad.

Pero después de que Kate saliera de la limusina, le puso una mano en la espalda y le bastó con sentir la curva de su cintura bajo la seda para volver a perder el control de sus sentidos. Tenía que dominarse para guardar las apariencias.

Marc se concentró en la multitud que se había congregado frente al hospital. Como siempre, estaba obligado a comportarse como un gobernante, con una fachada regia y una sonrisa oficial. Kate avanzó a su lado, mientras él se detenía a estrecharles la mano a algunos de los presentes. La gente aplaudía, y varías mujeres señalaban a Kate y cuchicheaban entre ellas.

Marc se dio cuenta de que, al ver su mano en la espalda de Kate, habían creído que era su nueva amante. Tomó la debida distancia, pero no antes de que apareciera el doctor Jonathan Renault, un residente del hospital que lo sacaba de quicio.

–Buenos días, su majestad –dijo Renault, con la voz cargada de sarcasmo.

Marc no confiaba en el hombre, y menos aún cuando lo vio mirar a Kate de pies a cabeza.

–Buenos días, doctor Renault –contestó.

Cuando Marc trató de seguir adelante con Kate, el residente lo hizo pararse en seco al murmurar:

–Me encantaría conocer a su *petite amie*.

Renault no sólo acababa de insinuar que Kate era amante de Marc con una absoluta falta de respeto, sino que encima esperaba que se la presentara.

En otro momento y en otro lugar, Marc habría estado encantado de darle un puñetazo, pero su título le tenía vedada cualquier acción vulgar. Golpearlo podía ser vulgar, pero en opinión de Marc, estaba justificado.

–Para su información, doctor Renault –dijo, con

intencionada malevolencia–, es la doctora Katherine Milner. Es una doctora muy experimentada, que podría ocuparse sola de la clínica.

Aunque Kate parecía algo confundida por el tono del comentario, el médico no se dio por aludido y le estrechó la mano, con una sonrisa sórdida.

–Encantado, doctora. Me encantaría que se uniera a mi equipo.

Ella le soltó la mano rápidamente, dándole una gran satisfacción a Marc. Obviamente, había reconocido al libidinoso detrás de la piel de cordero.

–Encantado de conocerlo, doctor –contestó, sin el menor entusiasmo.

Renault le guiñó un ojo.

–Estoy ansioso por verla de nuevo.

Cuando el médico se alejó con aire de suficiencia, ella se acercó a Marc.

–¿Qué te ha dicho? –le preguntó al oído.

Marc la tomó del codo y le indicó que siguiera andando. Al llegar a las escaleras del hospital, bajó la voz y dijo:

–Ha insinuado que éramos amantes. Una suposición absurda, pero Renault es un maleducado.

Aun así, Marc se preguntaba si algo en su actitud, en la forma en que miraba a Kate o en la naturalidad con la que la tocaba, había alentado la conjetura, no sólo en Renault, sino también en la mente de su pueblo.

Si era así, tendría que ser más cuidadoso. No podía permitir que nadie creyera que Kate era su amante, aunque se muriera de ganas de que lo fuera.

Capítulo Dos

Hasta que Marc había dicho que la suposición de Renault era absurda, Kate se había permitido imaginar que era una princesa que saludaba a los súbditos con su príncipe, que no dejaba de tocarla como si quisiera que todos supieran que era suya.

Pero el comentario de Marc le había hecho recordar que él era rey, que no estaban en un cuento de hadas, y que aquel monarca en concreto no tenía ningún interés por ella.

El que sí parecía interesado era Renault, aunque a Kate le repugnaba la idea, porque el médico le ponía los pelos de punta.

En cualquier caso, no importaba. Estaba allí por trabajo y no debía preocuparse por un compañero libidinoso ni distraerse con fantasías absurdas sobre ser la amante de un rey.

Se obligó a adoptar una actitud profesional y entró en el hospital con Marc. Se sorprendió al ver el moderno interior del edificio; la sala de espera era mucho más grande de lo que esperaba y estaba equipada con sillas, mesas y hasta una enorme pantalla de televisión colgada del techo. Un cartel cerca del ascensor, escrito en francés y en español, indicaba la situación de varias unidades. Kate sabía algo de latín, un par de palabras básicas de español y sólo lo suficiente de francés para pedir comida en un restaurante o preguntar por el cuarto de baño. Pero no era suficiente para atender a los pacientes, y tal vez cometiera un error si aceptaba el puesto.

Marc se acercó al mostrador e intercambió unas palabras con la recepcionista. Unos segundos después, un hombre canoso y distinguido entró en la sala de espera y se acercó a ellos con una enorme sonrisa.

–Doctora Milner, soy Louis Martine, el director de la clínica. Hablamos por teléfono cuando llamó para preguntar por el puesto.

Kate le tendió la mano.

–Por fin nos conocemos, doctor.

Él bajó la cabeza y la miró divertido.

–Tiene un acento muy llamativo.

–Soy del sur de Estados Unidos.

Martine sonrió e hizo un comentario en francés.

–Lo siento, pero me temo que no lo he entendido.

–Que suena encantador en una mujer hermosa –tradujo Marc, mirándola con una intensidad estremecedora.

Kate se sonrojó. Lentillas en lugar de gafas, un vestuario nuevo y un buen esteticista le habían cambiado el aspecto exterior, pero no podían ocultar la chica sencilla y sin pretensiones que vivía en su interior. A veces seguía viéndose demasiado delgada, demasiado baja, demasiado torpe, demasiado falta de aptitudes. Tenía la impresión de que estaba haciendo el ridículo en medio de la realeza.

Era médico y había trabajado muy duro para vencer su inseguridad y aprender a sentirse segura de sí misma.

Acto seguido, siguió a Marc y Martine por varios pasillos hasta una sala de espera llena de padres y niños. Cuando Kate percibió el olor de los líquidos de esterilización se sintió en su elemento y se relajó.

Pasaron a otra sala, donde una atractiva enfermera morena, de ojos azules y grandes senos, miró a Marc como si fuera un manjar exquisito. Él hizo caso omiso de las miradas furtivas y guió a Kate a un pequeño despacho.

—Éste sería tu consultorio, si aceptas el puesto —dijo.

Kate vio que la mesa estaba llena de carpetas y tazas de café.

—¿De quién es ahora?

—De Jonathan Renault, nuestro actual médico de familia —contestó Martine—. Me temo que tendrás que compartir el espacio con él hasta que podamos montar otro para usted.

Kate no estaba muy contenta con la idea.

—Pero sólo será temporal, ¿verdad, Luis? —preguntó Marc, con tono imperativo.

—Por supuesto, alteza. Sólo sería un par de días, si la doctora acepta trabajar con nosotros.

Aquello aún estaba por verse. Kate ya tenía dos retos importantes: la barrera del idioma y la bestia llamada Renault. Tres, si consideraba la atracción que sentía por Marc.

—El doctor Renault es un buen médico —declaró Martine—, pero me temo que no está tan interesado por la medicina y los pacientes como nos gustaría.

Marc frunció el ceño.

—Eso es quedarse corto, Louis. A Renault sólo parece interesarle nuestro personal femenino. Voy a tener que advertirle que si recibo una queja más, tendrá que regresar a París.

—¿Cuál es su horario de trabajo? —preguntó Kate.

Con suerte podía evitar verlo, si decidía quedarse.

—Como la clínica sólo está abierta durante el día, trabajaréis juntos —contestó Martine.

—Si se vuelve difícil de controlar, infórmame —añadió Marc—. Me ocuparé de él.

—Estoy segura de que puedo cuidarme sola.

A Kate la ofendía que los hombres tendieran a ver a las mujeres como el sexo débil. Podía ser pequeña, pero sabía dar un rodillazo en cierta parte estratégica de la anatomía masculina.

En aquel momento entró una enfermera, intercambió unas palabras con Martine y se volvió hacia Marc.

—Lo llaman de palacio por la línea uno, majestad.

Él atendió la llamada. Kate no entendía lo que decía, pero podía ver la angustia reflejada en su cara. Cuando colgó el auricular, Marc se volvió a mirarla y dijo:

—Tenemos que regresar inmediatamente. Ha ocurrido algo.

Kate supuso que sería algo grave.

—¿Debería quedarme aquí? El doctor Martine podría enseñarme el resto del lugar.

—No. Es posible que necesite tus conocimientos médicos.

—¿Hay alguien herido? —preguntó ella, preocupada.

—No exactamente. Pero hay un niño involucrado.

Con Kate pegada a los talones, Marc atravesó corriendo el vestíbulo del palacio y encontró a su madre sentada en un sillón, sosteniendo lo que parecía el motivo de la llamada.

La mujer señaló al bebé que dormía en sus brazos y dijo:

—Espero que puedas explicarme esto, Marcelo.

—Parece un niño, madre.

La reina madre se puso en pie con elegancia y puso al niño en brazos de Marc.

—Parece tu hija, hijo.

Marc oyó que Kate contenía la respiración detrás de él.

–No es hija mía.

La niña levantó la cabeza y empezó a llorar a pleno pulmón. Marc no entendía cómo podía una criatura tan pequeña montar semejante escándalo. Tampoco sabía qué hacer, salvo tenerla apretada contra su pecho. Pero cuanto más la abrazaba, más lloraba y protestaba.

Kate le pidió que se la diera, se la recostó en el hombro y le palmeó la espalda. La pequeña se calmó de inmediato.

Marc pensó que Kate lo había rescatado una vez más. Al menos de momento, a juzgar por el gesto reprobatorio de la reina.

–Madre, no entiendo por qué crees que es mi hija.

Ella se volvió hacia su dama de compañía, que estaba en una esquina con cara de querer escapar.

–Tráeme la nota, Beatrice.

La joven corrió a llevarle una hoja de papel, que la reina madre le dio a Marc.

–Han dejado a la niña en la puerta con una bolsa llena de ropa y biberones. Esta nota estaba dentro.

Marc leyó en silencio. La carta estaba escrita en inglés y era concisa: *Se llama Cecile y es una DeLoria.*

Se guardó la nota en el bolsillo y dijo:

–Esto no demuestra nada. Es evidente que es una artimaña.

–Mírala, Marcelo.

Marc se volvió a mirar a la niña, que estaba jugando con un botón de la chaqueta de Kate. Que tuviera su color de pelo y los ojos azules no significaba que fuese hija suya. Él siempre había tomado precauciones, y no había tenido relaciones sexuales con una mujer desde Elsa Sidleberg, una modelo de fama internacional, hacía más de un año. Aquello no tenía ningún sentido.

—Insisto en que el aspecto no demuestra nada.

—Ni lo niega –replicó su madre.

Kate dio un paso adelante.

—Tal vez pueda ayudar.

Marc se dio cuenta de que no se la había presentado formalmente a su madre. Suponía que, dadas las circunstancias, su falta de modales era comprensible.

—Kate, te presento a la reina madre, María Isabel Darcy DeLoria. Madre, la doctora Kate Milner.

Kate sonrió y extendió la mano que tenía libre.

—Es un placer conocerla. ¿Cómo debo llamarla?

La mujer le estrechó la mano.

—Preferiría que me llamaras Mary –dijo, mirando de reojo a Marc–. Ya que conoces los secretos familiares, creo que sobran las formalidades.

—No tengo secretos, madre –contestó Marc, tratando de no perder el control–. Y esta niña no es hija mía.

Mary acarició el pelo de la pequeña.

—Entonces, ¿por qué iba a decir alguien que esta preciosidad es una DeLoria? ¿Qué otra posibilidad hay?

Marc sabía de una y corría un gran riesgo al mencionarla, pero sentía que era necesario.

—Podría ser hija de Philippe.

Su madre lo miró asustada, como si hubiera acusado a una deidad de cometer un pecado mortal.

—Eso es imposible. Philippe murió hace casi un año.

Él se volvió hacia Kate.

—¿Qué edad crees que tiene?

Ella contempló al bebé un momento.

—Por lo menos seis meses. Tal vez un poco más, si es pequeña para su edad.

–No importa –dijo Marc–. Podría haber nacido poco antes o poco después de la muerte de Philippe. Lo que es seguro es que fue concebida mientras mi hermano vivía.

–Philippe llevaba dos años comprometido con la condesa Jacqueline Trudeau.

–Y tal vez ella sea la madre.

–No tiene sentido. Se casó con otro hombre poco después de la muerte de Philippe.

–Aun así, Philippe podría haber tenido a la niña con otra mujer.

–Philippe jamás habría negado a su hija.

–¿Y yo sí? –preguntó Marc, furioso.

–Si Philippe hubiera ocultado algo, me habría dado cuenta. Nunca se le dieron bien las mentiras. No era tan astuto como tú.

La mujer que siempre lo había defendido acaba de llamarlo mentiroso delante de Kate, cuyo respeto era muy importante para él.

–¿Estás diciendo que soy propenso a decir falsedades?

–Estoy diciendo que siempre has sido más inteligente y menos fácil de interpretar.

–Claro. Y Philippe estaba destinado a la santidad.

Marc no había podido evitar el tono sarcástico y cruel. Admiraba a su hermano, pero siempre había vivido a su sombra.

El gesto de su madre se suavizó.

–Mi querido Marcelo, apenas te hemos visto en los diez últimos años, y nos enterábamos de tus aventuras por los periódicos.

–¿Y acaso sabías todo lo que hacía Philippe, madre? Te recuerdo que nadie sabía adónde iba ni dónde había estado la noche que murió.

–Me hiere que insinúes que tu hermano me ocultaba algo.

Kate se sentía completamente fuera de lugar. La tensión era cada vez mayor, y aunque no era asunto suyo, tenía que hacer algo.

–Hay formas de comprobar la paternidad –dijo.

Tanto Marc como su madre se volvieron para mirarla.

–¿Como una marca de nacimiento? –preguntó la reina, esperanzada–. Marc tiene una muy rara en...

–Madre, creo que Kate se refiere a algo más científico.

–Así es. Pensaba en un análisis de ADN, lo cual es complicado si no se puede hacer aquí.

Sin mencionar que tendrían que obtener una muestra del hermano fallecido, algo que Kate prefería no mencionar en aquel momento.

Marc se frotó la nuca.

–Aún no tenemos el equipo adecuado. Tendríamos que encargarlo en París.

–No podemos –exclamó Mary, alarmada–. Debemos mantener esto en secreto hasta que decidamos qué hacer. La prensa volvería loco a Marcelo si sospechara que tiene un hijo ilegítimo. Perdería el respeto de nuestro pueblo.

Kate no sólo lo entendía, sino que también estaba preocupada.

–Podría ver qué grupo sanguíneo tiene la niña, pero sin saber el de la madre, no nos serviría de mucho.

–El mío es raro –afirmó Marc–. ¿Eso ayudaría?

–Si la niña tuviera el mismo, sí. Demostraría que puede ser de la familia, aunque seguiríamos sin saber quién es el padre. ¿Cuál era el de Philippe?

–El mismo que el de Marc –contestó Mary–. La noche en que murió...

A la reina se le quebró la voz y bajó la vista.

Marc soltó un suspiro brusco.

–Mi madre iba a decir que yo estaba en Alemania en una misión diplomática. Philippe perdió mucha sangre en el accidente, y yo no llegué a tiempo para hacerle una transfusión.

A Kate se le partió el corazón, pero como no se le ocurría qué decir para aliviar el sentimiento de culpa de Marc, no dijo nada.

—El doctor Martine es nuestro médico de cabecera y puede darnos todos los historiales —dijo Mary—. Podemos confiar en que sea discreto. Supongo que también podemos confiar en ti, Kate.

Marc se acercó a Kate, en un gesto absolutamente defensivo.

—Kate es médico, madre. Está acostumbrada a la confidencialidad.

Mary arqueó una ceja.

—¿Cuánto os conocéis?

Kate tragó saliva. Si no dejaba las cosas claras, la reina madre daría por sentado que era la amante de Marc. O peor aún, podía creer que tenía alguna relación con la niña.

—En realidad...

—No hagas caso a mi madre, Kate —la interrumpió Marc—. Aunque descienda de la aristocracia británica, no tiene ni una pizca de flema inglesa.

La reina le dio una palmada en la mejilla. A la luz de la reciente confrontación, a Kate la sorprendió el gesto de cariño.

—A alguien tenías que salir, hijito.

—Por si no te has dado cuenta, madre, ya no soy tan pequeño.

—Lo sé. Ahora eres un hombre responsable de sus actos.

—Kate y yo nos conocimos en la universidad —continuó Marc, eludiendo la indirecta—. Te aseguro que no nos hemos visto en años.

—Éramos compañeros de laboratorio —puntualizó Kate—. Sólo amigos.

Marc sonrió.

–Y ha venido a Doriana para unirse a la plantilla médica de nuestro hospital.

La niña se movió y soltó un gemido de protesta. A Kate le habría gustado hacer lo mismo, porque aún no había aceptado el puesto.

–Creo que deberíamos dejar los análisis para mañana. Ya ha tenido mucho por hoy.

La reina madre se llevó una mano a la frente y sonrió con ternura.

–Bienvenida, querida. Nos complace tenerte con nosotros.

Kate pensó en aclarar que aún no había tomado una decisión, aunque, viendo cómo la miraban Marc y su madre, sintió que no tenía alternativa. Aceptaría el puesto, pero si se confirmaba que Marc había dejado a una mujer embarazada y sola, no podía respetar a un hombre capaz de hacer algo así.

–Gracias –dijo–. Me alegro de estar aquí.

De momento.

Marc pasó el resto de la tarde haciendo averiguaciones, sólo para descubrir que nadie parecía saber quién había dejado a la niña en la puerta. Había llamado a Louis Martine para explicarle la situación, y habían quedado en reunirse a la mañana siguiente en el hospital, para que Kate hiciera los análisis. Louis le había asegurado que sería prudente a la hora de reunir la información disponible y ayudar a tratar de determinar el parentesco de la niña. Marc no tenía más remedio que fiarse de él. No podía decir lo mismo del resto del personal, en particular de Renault, por lo que tendrían que proceder con cautela.

Frustrado y agotado, fue a buscar a su madre y a

Kate, que había insistido en quedarse para cuidar a la niña. Beatrice le indicó que fuera al cuarto que Philippe había usado de niño y que hacía mucho tiempo habían transformado en habitación de huéspedes. Al entrar encontró a Kate sentada en una mecedora, con la niña dormida en brazos. Ella se llevó un dedo a los labios mientras se ponía en pie y dejaba a la pequeña en una cuna. La bebé se movió un poco, y Kate se quedó palmeándole la espalda y arrullándola. Después de un rato, se dio la vuelta y le hizo una seña a Marc para que salieran al pasillo.

Una vez allí, cerró la puerta de la habitación y suspiró.

–Creo que por fin se ha dormido –dijo–. Ha costado. Parece que está acostumbrada a que la acunen para dormir.

–Sospecho que debía de hacerlo la madre, sea quien sea.

–Seguramente. Es obvio que Cecile ha recibido los mejores cuidados. Está muy sana. Mañana le haré un examen completo para asegurarme.

Marc miró la puerta de reojo.

–Me sorprende la rapidez con la que has vuelto a convertir la habitación en un cuarto para niños.

Kate se encogió de hombros.

–Yo no he hecho nada, salvo jugar con Cecile mientras unos trabajadores movían los muebles.

–No sé qué habrá hecho mi madre para conseguir que le trajeran una cuna tan pronto.

–Era la tuya.

–No sabía que la conservaba.

–Es obvio que tiene debilidad por ti –dijo Kate, con ternura.

Marc sabía que su madre siempre lo había querido mucho, pero después de los acontecimientos del día se preguntaba si lo respetaba realmente.

–Por cierto, ¿dónde está?

–Tenía un dolor de cabeza terrible, así que he insistido en que se fuera a la cama. Estoy segura de que es tensión.

–Espero que aclaremos esto cuanto antes. El año pasado ha sido muy duro para ella, con la muerte de Philippe. Y ahora esto.

Marc vio sincera empatía en los ojos verdes de Kate.

–Sí, ha sido muy duro para ella, y para ti también.

Él pensó en lo generosa que era al tener en cuenta sus sentimientos.

–Me he adaptado.

Se había visto obligado a hacerlo. No había tenido tiempo de pensar en nada, salvo en sus obligaciones.

–¿Seguro que te has adaptado? –preguntó ella.

Era obvio que no se había acostumbrado, pero Marc no tenía tiempo de evaluar su situación.

–Por supuesto –mintió.

Kate se cubrió la boca para bostezar.

–Perdón.

–No te disculpes. Debes de estar agotada por el viaje.

A Marc se le aceleró el corazón al ver la sonrisa de Kate.

–Sí, estoy cansada. Beatrice ha accedido a dormir en el cuarto de al lado, por si Cecile se despierta durante la noche. ¿Crees que Nicholas podría llevarme al hotel?

Marc no quería que se fuera. Quería pasar más tiempo con ella, aunque sabía que era egoísta por su parte y muy poco aconsejable.

–Es muy tarde. ¿No prefieres quedarte?

–Tengo la ropa en el hotel y necesito darme un baño.

Marc no necesitaba imaginarla en la bañera, pero lo hizo, y en detalle. La curva de las caderas, la sombra entre los muslos, la redondez de los senos.

Kate le mostró una mancha que tenía en el pecho.

–Papilla. La pequeña Cecile tiene buen apetito, pero le encanta tirar la comida y tiene una puntería notable.

–Sí, creo que tienes restos en el pelo.

Mientras él la ayudaba a limpiarse, se miraron a los ojos, y Kate dijo:

–Si necesitas algo, sólo tienes que llamarme.

Marc necesitaba algo de ella en aquel momento, aunque no podía hacer nada para saciar aquella necesidad. Le soltó el pelo y dio un paso atrás.

–Yo mismo te llevaré al hotel.

–¿Estás seguro? –preguntó ella, mirándolo con recelo–. Pareces agotado.

–Te aseguro que estoy lo bastante despierto para llevarte sana y salva a tu habitación.

Marc se prometió que la dejaría en la puerta, porque sabía que si no lo hacía, no podría separarse de ella en toda la noche.

Capítulo Tres

Kate sintió el viento en la cara mientras avanzaban por las oscuras calles de Saint Simone en el descapotable de Marc. Le dolían los pies y estaba tentada de quitarse los zapatos, pero no quería que Marc lo interpretara mal.

Aunque era ridículo que tratara de seducirlo en aquel momento. Tenía el traje arrugado, el pelo enredado y los aros del sujetador clavados en las costillas.

En cambio Marc, con su suave sofisticación y su pelo dorado al viento, parecía una versión moderna de James Bond.

Entraron en el aparcamiento del hotel, escoltados por dos vehículos negros.

Marc miró por el espejo retrovisor y murmuró:

—Por una vez, me gustaría que me dejaran solo.

—Estoy segura de que sólo los preocupa tu seguridad.

—Dudo seriamente que haya algún disidente esperando que se me ocurra hacer una visita al hotel en mitad de la noche. Parecen olvidar que me cuidado solo durante casi toda mi vida adulta.

—Eso fue antes de que te convirtieras en rey.

—Sí, y parece que han pasado décadas desde entonces —farfulló él, girándose para mirarla a la cara—. Quiero darte las gracias de nuevo, Kate.

—Pero si no he hecho nada.

—No subestimes tu ayuda. Si no hubieras estado ahí, dudo que mi madre hubiera sobrellevado tan bien la situación.

Kate le notó la fatiga en el tono de voz y en los ojos.

–¿Qué crees que pasará con la niña?

–Ahora mismo estoy demasiado cansado para preocuparme por eso –contestó Marc, apartándole un mechón de pelo de la cara–. Y estoy seguro de que también estás agotada, por muy preciosa que estés en este momento.

Ella abrió los ojos desmesuradamente.

–Bromeas, ¿verdad?

–No, lo digo en serio.

Kate sabía que Marc DeLoria era un maestro de la seducción e imaginó que probablemente usaba aquel hotel para sus romances clandestinos.

–Jamás he estado en este hotel –dijo él, como si le hubiera leído el pensamiento.

Ella contempló la fachada del edificio para evitar el continuo escrutinio de Marc.

–Es un sitio muy pintoresco, alteza.

–Cuando estemos a solas puedes llamarme Marc.

Kate se volvió a mirarlo.

–¿Y qué pasaría si se me escapara en otro momento?

Él sonrió, revelando unos hoyuelos encantadores.

–Te cortaría la cabeza.

–Tal vez sea mejor que siga llamándote alteza. Es difícil atender a los pacientes sin cabeza.

–En serio –dijo él, con repentina solemnidad–, te agradecería que me llamaras Marc. Podría ser un amigo.

Ella pensó que podría ser algo más.

–De acuerdo, Marc. Seré tu amiga.

–Gracias.

Parecía tan agradecido, tan sincero y tan endiabladamente sensual que Kate tuvo que hacer un esfuerzo para reprimir las ganas de besarlo. Tenía que ir a su habitación, darse un baño y meterse en la cama sola, antes de hacer algo estúpido, como convencerse de que no deseaba que fuera su amiga, sino también su amante.

–Gracias por traerme –dijo–. A partir de aquí, puedo seguir sola.

–De ninguna manera.

Antes de que Kate tuviera tiempo de reaccionar, Marc se apresuró a salir del coche para ir a abrirle la puerta.

–¿Y bien? ¿Qué esperas?

Kate esperaba que el pulso le volviera a la normalidad.

–En serio, puedo entrar sola.

Él sonrió divertido.

–¿Y desobedecer al rey?

–Dicho así, supongo que tengo que rendirme o arriesgarme a la horca.

En realidad, Kate ya había perdido la cabeza al dejar que la acompañara.

Marc la siguió hasta el vestíbulo, donde no había nadie salvo el recepcionista, que no pareció sorprendido por la repentina llegada del rey y su séquito.

Kate se preguntaba si Marc le había dicho la verdad o si era un visitante asiduo del hotel. Sin embargo, estaba demasiado cansada para pensar en ello, y se volvió para despedirse.

–¿Tienes la llave de la habitación? –preguntó Marc.

Ella buscó en su bolso y le enseñó la tarjeta.

–Aquí está. Nos vemos por la mañana.

Él le quitó la tarjeta de la mano.

–Te acompaño.

–Puedo ir sola.

Kate trató de recuperar la tarjeta, pero él se apresuró a guardársela en el bolsillo del pantalón y, tomándola del codo, la llevó hasta la habitación.

–¿Me tienes miedo, Kate? –preguntó en la puerta.

–Por supuesto que no.

Tenía miedo de sí misma y de lo vulnerable que se sentía con él.

–No tienes por qué temerme –aseguró Marc, levantando las manos–. Prometo que mis intenciones son honestas.

–Qué pena.

Marc no se lo podía creer. No había tratado de seducir a Kate, pero ella parecía desear que lo hiciera. Era lo único que podía explicar su sugestivo comentario.

Se echó hacia delante, acortando la distancia entre sus caras, y preguntó:

–¿Por qué lo dices?

–Estaba bromeando, eso es todo.

–¿Eso es todo? –repitió él, con voz sensual.

Mientras lo veía acercarse hasta dejar sus bocas a escasos centímetros, Kate pensó que no era todo. Lo deseaba desesperadamente. Quería sentir los labios de Marc en la boca; quería saber que no sólo la veía como médico, como amiga; quería saber que la idea de que fuera su amante no era absurda.

Pero en lugar de besarla, Marc la tomó de las mejillas y apoyó la frente en la de ella.

–No podemos hacer esto, Kate.

Ella miró de reojo al guardaespaldas que esperaba en el rellano.

–Entiendo. Tenemos público.

–No es sólo eso. No puede pasar nada entre nosotros.

Kate bajó la vista y sintió que se le desgarraba el corazón.

–Lo sé. No soy apropiada.

–Te equivocas –replicó él, tomándola de la barbilla para obligarla a mirarlo–. Eres una mujer muy hermosa, Kate. Y sería muy fácil besarte, entrar contigo en la habitación, quitarte la ropa y hacerte el amor toda la noche. Pero es un lujo que no me puedo permitir, por ser quien soy. Aún tengo mucho por demostrar.

–¿Qué tienes que demostrar?

–Que no he tenido relaciones sexuales con todas las mujeres del planeta.

–¿De verdad que no?

Marc sonrió con cinismo.

–De verdad. No he sido precisamente célibe, pero no he tenido tantas amantes como cree la mayoría.

A Kate le habría gustado que fuera más específico, pero no importaba. A fin de cuentas, no podía ser su amante.

–¿Dices que no puedes tener una relación con nadie?

–En este momento, no. No hasta que pueda establecerme como un gobernante serio, y sólo cuando esté dispuesto a casarme. Y me temo que pasará mucho tiempo hasta que esté listo para el matrimonio.

Ella dio un paso atrás y se cruzó de brazos para ocultar los repentinos escalofríos.

–Bueno, gracias por decírmelo.

Kate odió la decepción en su voz, pero tenía que reconocer que le gustaba que hubiera dicho que le parecía atractiva, que había pensado lo mismo que ella había estado pensando todo el día. La confesión de Marc no cambiaba el hecho de que su relación tendría que seguir siendo platónica, y ella estaba dispuesta a aceptar que lo fuera, aunque no le gustara.

Él volvió a tocarle la cara.

–Esto es tanto por tu bien como por el mío, Kate. La gente de Doriana es amable, pero también puede ser muy exigente con sus líderes. No me gustaría que sufrieras.

Kate lo entendía, aunque ya estaba sufriendo por saber que no podía tener una relación amorosa con él. Miró el reloj y trató de sonreír.

–Es muy tarde. Que descanses. Nos vemos por la mañana.

Marc le besó la mano.

–Que duermas bien, Kate.

Acto seguido, le dio un beso en la mejilla y se alejó, dejándola en silencio y temblando. Kate sabía que una parte secreta de ella seguía enamorada del hombre que se ocultaba detrás de la máscara; el hombre despreocupado al que la corona había arrebatado la libertad.

Aunque sólo pudiera ser amiga de Marc, haría lo imposible por alegrarle el espíritu, aliviarle la carga y ayudarlo a tener un poco de diversión, un poco de aventura.

A fin de cuentas, para aquello estaban los amigos.

Kate estaba durmiendo profundamente cuando sonó el teléfono. Desorientada, creyó que estaba de guardia en el hospital. Buscó el auricular a tientas y contestó con el habitual «doctora Milner», como si aún fuese residente.

–Siento molestarte tan tarde, Kate, pero tengo un problema con Cecile.

No estaba en el hospital; estaba en el extranjero; y el hombre del otro lado de la línea no era un compañero de trabajo, sino el rey. Un rey que sonaba muy angustiado.

Kate se sentó y miró el reloj de la mesita. Pasaba la medianoche.

–¿Qué pasa?

–No estoy seguro. Beatrice y yo lo hemos intentado todo para calmarla antes de que despertara a mi madre, pero me temo que no lo hemos conseguido. ¿Alguna sugerencia?

–¿Le habéis dado un biberón?

–Varios. El último ha aterrizado en mi frente.

Kate tuvo que hacer un esfuerzo para no reír ante la imagen de una niña de seis meses que jugaba al tiro al blanco con la frente de un rey.

–¿Tiene los pañales secos?

–Sí. Beatrice la ha cambiado varias veces.

–¿Han probado a acunarla?

–No ha servido de nada. No deja de llorar.

–Es mejor que vaya a ver qué puedo hacer.

–¿Estás segura?

–Sí.

–Envío a Nicholas a buscarte ahora mismo.

–Lo espero.

–Y Kate, gracias por esto.

Para ella no era ningún problema. Se había acostumbrado a dormir poco y a levantarse a horas extrañas en la universidad y durante la residencia. También había aprendido a vestirse rápidamente, de modo que en pocos segundos llevaba unos vaqueros, una camiseta y unas zapatillas.

Tomó el maletín y corrió hasta la entrada del hotel, donde ya la esperaba Nicholas, con la puerta de la limusina abierta.

–Buenas noches, doctora –dijo, con una sonrisa amable–. Estoy seguro de que el rey se alegrará mucho de verla.

Ella le devolvió la sonrisa.

–Lo está pasando mal, ¿verdad?

–Creo que su alteza ha sido derrotado por un bebé.

Kate rió entre dientes mientras entraba en el vehículo. Durante el viaje pensó en Marc. No esperaba verlo hasta por la mañana. En realidad, lo había visto en un sueños, acudiendo a rescatarla montado en un corcel blanco, completamente desnudo. Era una pena que el teléfono la hubiera despertado justo en la mejor parte.

Cuando llegó al palacio, Beatrice, desesperada,

la llevó directamente a la habitación de la niña. Kate entró y encontró a Marc en pijama, sentado entre biberones y juguetes, con los ojos cerrados y la cabeza apoyada en la cuna. Cecile estaba sentada en su regazo y parecía muy contenta con el pato de plástico que estaba mordiendo.

Era una imagen adorable. El perfecto retrato de padre e hija. A Kate se le hizo un nudo en la garganta. No era el momento de pensar en ello. Tenía que ocuparse de la niña.

–Hola, pequeña –susurró–. ¿Qué haces despierta tan tarde?

–Está empeñada en torturarme –dijo Marc, sin fuerzas para abrir los ojos.

Cecile sonrió con regocijo. Enternecida, Kate dejó el maletín en el suelo y la tomó en brazos. Sólo entonces Marc se puso en pie, dejando el pecho desnudo a la vista.

Kate tuvo que recordarse que había ido por una consulta médica antes de poder quitarle los ojos de encima y volver su atención a Cecile. La niña tenía la mirada limpia y brillante. No había signos evidentes de enfermedad. De hecho, parecía más feliz de lo que había estado en todo el día.

–En mi opinión, Cecile está sufriendo la ansiedad de la separación.

–No es la única que está sufriendo –dijo Marc, acercándose para tocarle la frente a la niña–. ¿Estás segura de que no tiene fiebre?

Kate se sorprendió al oír la preocupación paternal de Marc.

–¿No le has tomado la temperatura?

Él la miró aterrada.

–No me atrevería a hacer algo tan delicado.

Kate apoyó su mejilla en la de Cecile y la encontró fresca.

–Se la tomaré, pero supongo que es normal. No

parece que tenga fiebre. Aunque puede que le estén saliendo los dientes.

Marc levantó el índice.

–Seguro que sí, porque se ha pasado la última hora mordiéndome los dedos hasta que he encontrado al pato.

Kate sonrió.

–Si no te importa, busca en mi maletín y dame el termómetro.

Él obedeció y miró el instrumento con recelo.

–¿No es demasiado grande para una niña tan pequeña?

–Es especial para niños.

–Mejor me voy.

–¿Por qué? No duele.

Marc se agitó, con evidente incomodidad.

–Eso lo dices porque no eres la que tiene que sufrir la humillación.

Kate se dio cuenta de que Marc no había visto nunca un termómetro auricular. Sonrió, se lo puso a la niña en la oreja y esperó a que sonara la alarma para comprobar la lectura.

–Es normal.

Marc suspiró aliviado.

–¿Por qué demonios no existían esas cosas cuando era pequeño y mi madre pensaba que cualquier estornudo justificaba que me tomara la temperatura?

–Maravillas de la medicina moderna –contestó Kate, mirando una bolsa que había en la mesita–. ¿Ésas son sus cosas?

–Sí.

Kate caminó por la habitación, acunando a Cecile con la esperanza de que le entrara sueño.

–A ver si encuentras una manta o un juguete. Tal vez necesite eso para dormir.

Marc sacó una bolsa de plástico.

–Es todo lo que hay aparte de su ropa.

Ella se acercó para examinar el objeto, la probable respuesta al problema del sueño. Un chupete.

—Lávalo con agua caliente y tráemelo.

Sin decir una palabra, Marc fue al baño contiguo y volvió minutos después, sosteniendo el chupete como si fuera radioactivo.

Al verlo, Cecile lloriqueó y abrió y cerró los puños como si estuviera ansiosa por tenerlo. Marc se lo dio, y la pequeña se lo puso en la boca y apoyó la cabeza en el pecho de Kate.

Ella caminó por la habitación hasta que la niña cerró los ojos. La acostó en la cuna, la cubrió con una manta y apagó la luz, dejando encendida sólo una pequeña lamparilla cercana a la puerta. Cuando se dio la vuelta descubrió que Marc había desaparecido. Pensó que se habría ido a la cama, pero al salir al pasillo lo encontró recostado contra la pared.

Él sonrió adormilado.

—Eres un genio, Kate.

Ella se encogió de hombros.

—En absoluto. Me dedicaba a cuidar niños para ganar un poco de dinero extra, así que tengo práctica con el ritual nocturno. Y con los chupetes.

—Eso explica por qué Cecile responde tan bien. Se nota que tienes experiencia. Debes de ser una doctora maravillosa.

—Gracias. Creo que has llevado muy bien la situación. No muchos se habrían quedado levantados por un niño que no es suyo... o que no saben si...

Kate no había querido decirlo y mucho menos vacilar al final de la frase.

—No es mía, Kate —le aseguró—. Pero cuando quiere es un encanto. De hecho, me ha sonreído un par de veces.

Kate necesitaba saber quién era el padre de Cecile. Con suerte, pronto sabrían la verdad. Le costaba entender cómo podía una madre renunciar a una niña tan preciosa, pero imaginaba que no debía de tener medios para cuidarla, y se alegraba de que Marc los tuviera.

–Espero que duerma unas horas –añadió él–. Lo malo es que me he espabilado.

Kate también. Cuando él la miraba de aquella manera, lo último que le apetecía era dormir. Para no mirar aquellos ojos seductores, bajó la vista y se concentró en el torso desnudo, en busca de la marca de nacimiento. Pero no la encontró. Se preguntaba dónde la tendría y dónde tendría ella la cabeza para mirar de arriba abajo su muy masculina anatomía. Había visto a muchos hombres desnudos, pero a ninguno tan atractivo como Marc DeLoria.

Se obligó a apartar la vista y comentó:

–Benditos sean los chupetes.

–Me parece increíble que un pezón de goma sea tan tentador para un niño –dijo, sonriendo con complicidad–. Personalmente, prefiero algo más natural.

–Es usted un libertino, majestad.

–Es culpa tuya.

–¿Mía?

–Haces que muestre esa faceta –contestó él, acercándose más–. Espero que no te niegues a ser mi amiga por eso.

Kate simuló que lo estaba pensando mientras trataba de no perderse en la profundidad de aquellos ojos azules.

–Esta vez lo pasaré por alto y seguiré siendo tu amiga.

–Bien. Tengo una idea de cómo podemos pasar el resto de la noche juntos.

Marc se echó hacia delante, y Kate sintió que se derretía cuando él añadió:

–Si estás interesada en una aventura nocturna.

Capítulo Cuatro

Un asalto a las cocinas reales.

Aquélla era la idea de aventura para Marc DeLoria, y la mayor desilusión de la noche para Kate. Ella esperaba que la invitara a nadar en el foso, aunque no había; o que por lo menos la llevara a caminar por los jardines del palacio, que sí había visto en su primera visita.

Pero en lugar de dar un paseo romántico con el rey, estaba en medio de la cocina mientras Marc rebuscaba en una alacena. Lo bueno era que estaba agachado y la obsequiaba con una perfecta visión de su trasero.

Kate se preguntaba si tendría la marca de nacimiento en una nalga. Sólo tenía que dar un par de pasos y un ligero tirón para averiguarlo. Pero no era buena idea. Podría mirar cuanto quisiera, pero no podría tocar. Marc lo había dejado muy claro en el hotel. No estaban permitidas las caricias ni los besos ni, ya puestos, los encuentros furtivos en palacio, o en cualquier parte. Sin embargo, seguía fantaseando con ello, y recordando lo que le había dicho antes.

«Sería muy fácil besarte, entrar contigo en la habitación, quitarte la ropa y hacerte el amor toda la noche».

La temperatura estaba subiendo en la cocina del palacio. Kate estaba prácticamente en llamas, y Marc ni siquiera había encendido el horno.

–Aquí está –dijo él, mostrándole una sartén.

A Kate se le revolvió el estómago. No comía cosas pesadas en mitad de la noche.

–Te advierto que no me gustan los huevos revueltos.

–Ni a mí. Pero me encantan las crêpes.

–Sé que no aprendiste a cocinar en el laboratorio de biología.

Marc puso la sartén al fuego antes de volverse a mirarla.

–Alguien me enseñó a hacer crêpes.

Kate asumió que había sido una mujer.

–Estoy segura de que debía de estar encantada de enseñarle a cocinar a un rey.

–Sí, y me enseñó muchas cosas.

Tal como Kate había sospechado.

–¿Sí? ¿Qué cosas?

–A atarme los zapatos, a leer... La señorita Perrine era un encanto. Fue mi primer niñera.

–¿Tu niñera?

–No imagines a una joven núbil. Te aseguro que la señorita Perrine no tenía nada de núbil ni de joven. Era muy severa, pero hacía las mejores crêpes del mundo.

–Estoy impaciente por probar las tuyas.

Él le dirigió otra de sus sonrisas matadoras.

–¿Mis crêpes?

Kate estaba extasiada con sus ojos azules y su voz sensual, pero se recordó que no estaba permitido el contacto físico, que sólo podían ser amigos.

–Sí, estoy ansiosa por probar sus crêpes, alteza. O tal vez debería decir «excelentísimo y serenísimo cocinero», ya que Nicholas no está cerca.

–Con «Marc» es suficiente –afirmó él, poniendo los ingredientes en la encimera–. En realidad, el cocinero ya ha preparado la masa, así que sólo tengo que hacer el relleno.

–¿Puedo ayudar en algo?

Él la recorrió con la mirada.

–Quédate ahí y alégrame la vista con tu belleza, que pareces hacerlo muy bien.

Kate no se había maquillado y tenía cara de sueño.

–Qué mentiroso eres, Marc DeLoria.

–Jamás te mentiría, Kate. No tengo motivos.

Ella se puso colorada.

–Perdón, es que no estoy acostumbrada a que los hombres me digan esas cosas.

Marc tomó un cuchillo y una tabla de madera y empezó a cortar fresas.

–Te aseguro que los hombres opinan que eres hermosa, aunque no te lo digan a la cara. Es que actúas como si no desearas ese tipo de atención.

Ella frunció el ceño.

–¿De verdad crees que hago eso?

–Sí.

Kate no lo había pensado, pero tal vez tuviera razón. Tal vez se había mostrado indiferente por temor al rechazo.

–¿Te parezco estirada?

–No. Eres muy amigable, aunque mantienes una actitud distante, como si fueras intocable. Algunos hombres se pueden sentir intimidados por eso.

Ella pensó en su aventura con Trevor Allen en la universidad, y en cómo se quejaba a menudo de que parecía reservar sus emociones para sus padres y sus parientes.

–¿A ti te intimida?

–No. Lo encuentro muy atractivo.

Kate se estremeció mientras Marc la seguía mirando con intensidad. Se preguntaba cuántas mujeres habrían sucumbido a su arrolladora sensualidad. Muchas, sin duda. Y aunque se suponía que ella no debía querer estar entre ellas, por algún estúpido motivo, quería.

Para tratar de quitarle importancia, se giró y se apoyó en la encimera.

–¿Estás seguro de que no puedo ayudarte con nada? Me siento inútil.

–¿Sabes fundir mantequilla?

–Claro que sí. ¿Cuánta?

Marc cortó un trozo y se lo dio.

–Toma, y vigílalo para asegurarte de que no se queme.

Kate se acercó a la cocina, puso la mantequilla en la sartén caliente y la observó derretirse. Sintió que pasaba lo mismo con sus huesos cuando Marc se acercó por detrás para añadir las fresas y el azúcar moreno, rodeándola con sus brazos.

–Muévelo, por favor –dijo él, acariciándole la nuca con su aliento cálido.

Kate asintió, como si las instrucciones fueran muy complejas. Era ridículo. Si se había doctorado en medicina, se suponía que podía rehogar unas fresas.

Él echó nata y un licor en la sartén, y lo flambeó con un mechero de oro. Aunque el fuego se apagó rápidamente, Kate siguió ardiendo por el calor que irradiaba el cuerpo de Marc. Se recostó contra él, y Marc la rodeó con los brazos y la volvió lentamente para que quedaran cara a cara.

A pesar de la indecisión reflejada en sus ojos azules, Marc se dejó ganar por el deseo y acercó los labios a los de Kate, aunque sólo para besarla tiernamente y para alejarse una y otra vez hasta llevarla al borde de la locura. Kate no sabía si lo hacía por inseguridad o porque estaba esperando a que ella hiciera el próximo movimiento. La necesidad de averiguarlo le hizo ponerle una mano en la nuca y empujarlo contra su boca para obtener lo que tanto deseaba.

Aunque había imaginado cómo sabrían los besos de Marc, aunque había pensado que estaba preparada, no tardó en darse cuenta de que se había estado engañado. Jamás la habían besado así. Cuando Marc la apretó contra sí, supo que no era la única que estaba excitada.

De repente, él se apartó bruscamente y respiró profundamente.

–Perdóname, Kate. Al verte junto a la cocina, algo me ha hecho perder el control.

Ella no estaba segura de si debía sentirse halagada o insultada.

–O tienes fantasías con una cocinera o te gustan las amas de casa.

Él se puso serio.

–Tengo que recordar que nada ha cambiado desde que te he dejado en el hotel. No podemos hacer esto.

–Acabamos de hacerlo.

–Lo sé, y no debería volver a pasar.

Kate no pudo evitar sonreír cuando se dio cuenta de que parecía que Marc trataba de convencerse de que no podía pasar.

–En ese caso, supongo que deberíamos evitar las cocinas, si te excita ver a una mujer cerca del fogón.

Él sonrió de mala gana.

–Puede que tengas razón, y creo que las fresas ya están listas.

Acto seguido, Marc preparó las crêpes y las sirvió, mientras Kate lo miraba, aún abrumada por el beso. Tenía que reconocer que Marc tenía una voluntad de hierro. O tal vez sólo estaba tratando de ser amable con ella. Pero no era amabilidad lo que había visto en sus ojos mientras la besaba, sino deseo y necesidad. Kate había experimentado las mismas sensaciones, pero a partir de aquel momento tendría que contentarse con el recuerdo.

Llevaron los postres a una cómoda sala de estar con un sofá y una chimenea en la esquina. Marc dejó los platos en la mesita, se sentó junto a Kate y le ofreció un trozo de crêpe.

–Dime qué te parece.

Ella probó el bocado y disfrutó del sabor de las fresas, la nata montada y el azúcar. La crêpe se le deshizo prácticamente en la boca.

–Esto es casi pecaminoso.

–Depende de lo que entiendas por pecado.

–Calorías –puntualizó ella, después de tragar otro poco–. E hidratos de carbono, sobre todo cuando se instalan en los muslos.

Él la recorrió con la mirada.

–Dudo que tengas que preocuparte por eso. Olvídate de las calorías y disfruta.

Kate le hizo caso y comió hasta el último bocado de crêpe, preguntándose si el comentario de Marc sobre el pecado iba más allá de permitirse un postre. Pero no se atrevía a tener esperanzas; no se atrevía a pensar en nada más que en pasar un rato con él como amigos.

Cuando los dos terminaron, Marc tomó el mando a distancia y encendió la televisión. Recorrió los canales hasta dar con una película en francés.

–A esta hora no hay mucho que ver, así que supongo que tendremos que conformarnos con esto. A menos que estés lista para ir a la cama.

–La verdad es que, aunque debería, no estoy cansada.

–Tal vez la película te dé sueño.

–Es probable, porque no tengo idea de lo que están diciendo.

–El hombre se llama Jean-Michel y le está diciendo a la mujer, Genevieve, que tiene que dejarla porque su corazón pertenece a otra.

–Canalla. ¿Y ella que dice?

–Ella dice: *«Tu me veuz. Je te défie de me dire que je me suis trompée».* Dice que él la desea y que lo desafía a negarlo.

Kate se estremeció al oírlo hablar en francés. Lo miró y se dio cuenta de que se había acercado mucho más, reavivando el deseo que la había estado consumiendo toda la noche.

–¿Y él no lo niega?

–*C'est impossible* –contestó él, mirándole la boca–. Para él es imposible negar que la desea.

La convicción en la voz de Marc, el calor en sus ojos, le hizo pensar que estaba hablando de su propio deseo, del deseo que sentía por ella. O tal vez lo deseaba tanto que se estaba inventando lo que no era.

Volvió a concentrarse en la película. Jean-Michel y Genevieve se habían fundido en un apasionado beso, y las acciones de los amantes hablaban el viejo lenguaje universal del amor. Kate se movió en su asiento cuando los vio quitarse la ropa hasta quedar completamente desnudos.

–Debe de ser un canal codificado –murmuró.

–No. Aquí respetamos mucho la libertad de expresión. La desnudez se considera algo bello y natural. Igual que el sexo.

El corazón de Kate dio un salto cuando Marc le apoyó un brazo en el hombro y empezó a acariciarla.

–Tal vez deberíamos ver otra cosa –dijo.

–¿Te hace sentir incómoda?

Ella se mordió el labio.

–Un poco.

–¿En qué sentido?

–No sé.

Kate lo sabía, y probablemente él también. La escena de sexo explícito en la pantalla y la cercanía de Marc la excitaban, haciendo que estuviera ansiosa por pedirle que por lo menos volviera a besarla.

Pero no hizo falta que lo pidiera, y esta vez no hubo reparos ni vacilaciones en el beso de Marc. Kate estaba tan concentrada en su boca que apenas oía los gemidos de los amantes de la película. Sintió que el tiempo se detenía y supo que podía besarlo eternamente. Se le endurecieron los pezones y comenzó a sentir cómo le subía la temperatura entre las piernas.

Dominada por la pasión, le puso una pierna encima de los muslos. Él gimió, la tumbó en el sofá y se recostó sobre ella. Interrumpió el beso para levantarle la camiseta y abrirse la bata antes de volver a devorarle la boca mientras le acariciaba los senos con el pecho.

Cegada por la intensidad de los besos, Kate levantó las caderas para sentirlo más. Como si reconociera su necesidad, Marc deslizó una mano entre ellos y le desabrochó los vaqueros, excitándola más aún.

De pronto, Kate dejó de sentir los besos, las caricias y a Marc. Abrió los ojos y lo vio de pie, a un metro de ella, dándole la espalda y con las manos en la nuca.

—Lo siento, Kate.

Marc se estaba disculpando de nuevo, y ella estaba más avergonzada que nunca. Se bajó la camiseta, se sentó en el borde del sofá y se llevó las manos a la cabeza.

—No puedo imaginar lo que debes de pensar de mí en este momento.

Se sentó junto a ella y la tomó de la mano, con gesto arrepentido.

—¿Quieres saber lo que pienso de ti? Pienso que eres la mujer más increíble y sensual que he encontrado no en años, sino en toda mi vida. Pienso que si no hubiera recordado por qué no podemos hacer esto, en este momento estaría dentro de ti, y eso sería un error.

Las palabras de Marc le dieron un valor que Kate nunca había sentido, al menos en lo que a hombres se refería.

–¿Por qué sería un error, Marc? Somos adultos, estamos solos, y nadie se enteraría.

Él soltó un gruñido.

–Porque sólo podría ofrecerte una aventura ocasional y clandestina. Porque mereces que te traten bien, no que te oculten del mundo.

Kate siempre había sido la chica buena y responsable, y se había cansado. Además, ya no era una chica, sino una mujer, con deseos y necesidades, y estaba con un hombre que sabía llevarla al límite. Sin embargo, Marc no estaba dispuesto a responder a sus necesidades, al menos no en aquel momento.

Kate le apartó la mano y se cruzó de brazos, creyendo que podría mitigar el frío que había reemplazado al calor de la pasión.

–Supongo que tienes razón, Marc. Es mejor que vuelva al hotel.

Cuando ella se puso de pie, él la tomó de la muñeca.

–Quédate aquí, Kate. Conmigo. Necesitas descansar. Podemos dormir en el sofá.

–No creo que sea buena idea –dijo ella, aunque no había nada que deseara más que despertar en brazos de Marc.

Él se cerró la bata y la atrajo hacia sus brazos.

–Estira las piernas y apoya la cabeza en mi pecho. Prometo mantener las manos quietas.

–Maldita sea.

Marc la cubrió con una manta.

–No hagas esto más duro de lo que ya es, preciosa, o me temo que tendré que encerrarte en la mazmorra.

Kate se sintió mareada.

–¿Y cómo es de duro exactamente?

–No imaginas cuánto –contestó él, con una sonrisa malévola.

Pero ella no necesitaba dar rienda suelta a su imaginación. Había tenido una demostración palpable en la cocina y pocos minutos antes, y difícilmente podría olvidar cómo era sentirlo contra ella. Sin embargo, en aquel momento tenía que tratar de dormir. Pronto llegaría la mañana, y su tiempo a solas con Marc se habría acabado. Imaginaba que después de aquella noche trataría de verla lo menos posible. Tal vez fuera lo mejor. A fin de cuentas, él era rey; ella, médico, y él tenía algo que demostrar: que podía resistirse a ella.

Kate cerró los ojos y sonrió ante la idea. El rey Marcelo DeLoria la encontraba irresistible.

–Despierta, Marcelo.

Marc abrió los ojos para encontrar a su madre de pie ante el sofá, con Cecile en brazos. No entendía qué hacía Mary despierta a aquellas horas de la noche ni por qué estaba vestida como si estuviera lista para recibir a la corte. Dudaba que fuera por la mañana, porque no había pasado más de una hora desde que se había dormido. O al menos era lo que parecía.

Le dolía todo el cuerpo por la postura de las últimas horas, y una parte en especial, por culpa de la mujer que tenía entre los brazos. En algún momento de la noche, Kate le había apoyado una mano en la ingle, y sin saber por qué, él no se la había apartado. Por suerte, la manta y la bata le cubrían la parte inferior del cuerpo.

Cuando Cecile protestó, Kate se despertó de un salto y se apartó el pelo de la cara.

–¿Qué hora es?

–Muy temprano –contestó Marc, con la voz enronquecida por la falta de sueño.

Mary se sentó en una silla enfrente del sofá, con la niña en el regazo.

–Aún no ha amanecido. Pero he relevado a Beatrice para que pudiera dormir un poco, porque parece que nuestra pequeña tiene el horario cambiados.

–Por lo menos alguien está durmiendo –gruñó él.

A pesar del mal humor, Marc no pudo evitar sonreír al ver a Cecile mordiendo el collar de perlas favorito de su madre. Poca gente habría tenido semejante atrevimiento.

–No me había dado cuenta de que Kate no había regresado al hotel –dijo Mary, mirándole la ropa arrugada.

Kate bajó la vista y trató de estirarse la camiseta.

–En realidad, volví al hotel, pero Marc me llamó y me pidió que viniera, porque Cecile no se dormía y pensó que estaba enferma.

–A mí me parece que está muy bien –dijo la reina, besando a la niña en la mejilla–. Espero que no te hayas aprovechado de la amabilidad de Kate, Marcelo.

–Te aseguro que no me he aprovechado de ella, madre. Y si crees que anoche pasó algo inadecuado, te equivocas. Estábamos muy cansados y nos quedamos dormidos viendo una película.

–Jamás pensaría algo así, querido. Kate sería incapaz de hacer algo inadecuado.

La furia que sintió Marc sirvió para mitigar los efectos de su deseo por la doctora.

–¿Y yo sí?

–Supongo que no, porque pareces tener puesta

56

la bata, aunque es difícil de saber cuando te aferras a esa manta como si tuvieras miedo de que te la quitaran.

Marc arrojó la manta a un lado.

–¿Ahora estás contenta, madre? No he hecho nada que pueda comprometer la reputación de Kate o la mía.

Y no precisamente porque no deseara a Kate.

Mary suspiró.

–Pero has dejado la cocina hecha un desastre. El cocinero se ha quejado.

–Ha sido culpa mía –dijo Kate–. Después de que Marc cocinara, me correspondía limpiar a mí.

–De ninguna manera, querida. Eres nuestra invitada. Tendría que haber limpiado Marc, aunque no estoy segura de que sepa.

Al parecer, la reina estaba decidida a estropearle el día.

–¿No te parece que ya tengo demasiadas responsabilidades, madre?

–En efecto, cariño, las tienes –replicó Mary, mirando a Cecile.

Kate se levantó y se acercó a la reina.

–¿Puedo sostenerla?

–Por supuesto.

Mary le dio a Cecile, y Kate la abrazó y le besó las mejillas.

–Espero que hayas dormido bien, pequeña, porque nos espera una mañana muy ajetreada en la clínica.

Marc recostó la cabeza en el sofá, sintiendo que lo abandonaban las fuerzas.

–Había olvidado el maldito análisis.

–Cuida tu vocabulario, Marcelo –lo reprendió su madre–. Estás en presencia de dos señoritas y de una abuela que no está dispuesta a tolerar que le faltes al respeto.

–Perdón.

Marc apretó los dientes y maldijo en silencio. La reina ya estaba reclamando sus derechos sobre Cecile antes de saber si existía el parentesco.

–¿Qué tal el dolor de cabeza, Mary? –preguntó Kate, incómoda con la discusión.

–Gracias a ti, ha desaparecido. El masaje que me diste en el cuello fue mágico.

–No fue nada. Aprendí un poco de osteopatía en la facultad. Puntos de presión y cosas así para aliviar la tensión.

A Marc le habría encantado que Kate le aliviara la tensión. No obstante, su madre era la que había recibido el masaje, y él sólo había conseguido una tortícolis y una hinchazón debajo del pijama.

Kate le devolvió la niña a Mary y dijo:

–Tengo que volver al hotel para cambiarme antes de ir a la clínica.

–Tienes que quedarte a desayunar, querida.

Kate miró a Marc en busca de apoyo.

–Es mejor que me vaya ahora. Necesitamos tener todo terminado antes de que abra la clínica.

Él se puso en pie.

–Le diré a Nicholas que te lleve al hotel.

–Está bien –contesto ella, con algo de decepción en la voz.

Marc sentía que no había hecho más que decepcionarla. La noche anterior, Kate necesitaba algo que él no había podido darle, y no porque no quisiera. Pero de haberla tocado como deseaba no habría sido capaz de detenerse. Y si no hubiera tenido cuidado, habría seguido una y otra vez.

Una hora después, Kate y Marc entraron en la clínica por la puerta trasera, con la niña en un cochecito. Por suerte, el lugar estaba completamente desierto. Kate examinó a la niña en una pequeña sala, al final del pasillo. Cecile parecía muy saludable, aunque algo pequeña para su edad. Kate calculaba que tenía siete meses, pero mientras no apareciera la madre, sólo podía hacer un cálculo aproximado. Por lo menos, aquel día sabrían si podía ser hija de Marc o Philippe.

Buscó una lanceta para sacarle sangre. Odiaba pinchar a un bebé inocente, pero tenía que hacerlo. Cuando volvió a la mesa, le dijo a Marc:

—Si pudieras sostenerla un poco, sería de gran ayuda.

Él frunció el ceño.

—¿Le va a doler mucho?

Kate sonrió al ver su preocupación.

—Sólo será un pinchazo en el dedo, pero no le gustará. Por eso necesito asegurarme de que no se mueva.

Marc hizo lo que le pedía y trató de distraer a Cecile mientras Kate la pinchaba. Al principio, la niña se sorprendió, pero después empezó a hacer pucheros y a llorar.

—Ya está, preciosa —dijo Kate, cuando obtuvo la muestra que necesitaba—. Espero que ahora no me odies.

Cecile hundió la cara en el pecho de Marc y gimoteó un poco antes de volverse hacia Kate con los brazos extendidos. Él se la dio.

—Es obvio que no te odia en absoluto.

Kate se preguntaba si Marc la odiaba después de su interludio de la noche anterior. Sin embargo, en aquel momento tenía demasiadas cosas que hacer para preocuparse por ello.

—Eres muy valiente —afirmó, besando a Cecile en la frente—. En cuanto la vista, podrás llevártela a casa mientras yo analizo las muestras. Con suerte, le apetecerá echar una siesta.

–A mí sí que me apetece echar una siesta. Y estoy seguro de que a ti también. Podríamos tumbarnos en el sofá y ver qué ponen por la tele.

Kate pensó que tal vez se había equivocado al creer que Marc estaba preocupado por lo que había pasado o no la noche anterior. Pero lo mejor para todos era que no se expusieran a aquellas situaciones.

–Creo que deberíamos evitar la televisión a toda costa.

Él parecía frustrado.

–Puede que tengas razón. Mientras vistes a Cecile, voy a ver si ha llegado Martine. Se suponía que estaba de camino. Tal vez podamos salir sin que nos vean.

–Entonces te veo en un rato.

Marc se agachó para besar a Cecile. Durante un segundo, Kate creyó que también la besaría, pero él se dio la vuelta y se apresuró a salir de allí.

Kate buscó un pañal en el bolso y empezó a cambiar a la niña, que, lejos de cooperar, no dejaba de moverse.

–Ojalá tuviera tu energía, pequeña –dijo, cuando Cecile se quitó el calcetín que le acababa de poner–. No te culpo. Ahora mismo me gustaría quitarme la ropa y darme un buen baño caliente.

–¿Necesitas ayuda?

A Kate se le puso la piel de gallina al oír aquella voz. Giró la cabeza para confirmar sus temores y encontró a Renault apoyado en el umbral. Alzó a Cecile y se volvió a mirarlo, tratando de parecer tranquila, mientras buscaba desesperadamente una explicación.

–Buenos días, doctor. No esperaba verlo aquí tan temprano.

–Ni yo a ti –contestó él, acercándose y mirando a Cecile–. Me habían dicho que no asumirías el cargo hasta mañana.

Kate decidió que la evasión podía ser la mejor defensa.

–Así es.

–Aun así, estás examinando a esta niña.

–Sí.

–No he visto a nadie en la sala de espera. ¿No tiene padres?

–Por supuesto que sí. ¿No le enseñaron en la facultad que lo de la cigüeña es un mito?

Renault sonrió cínicamente.

–Te aseguro que sé muy bien cómo funciona la procreación. Pero no me has contestado. ¿De quién es la niña?

–Es mía –dijo Kate, en un arrebato de lucidez.

Él arqueó una ceja.

–Martine no mencionó que tuvieras una hija.

–Pues la tengo. Se llama Cecile.

–Es un nombre muy bonito. ¿Tu marido es francés?

–No tengo marido.

–El padre de la niña, entonces.

–No sabe nada.

Renault la miró de pies a cabeza.

–Debo decir que, teniendo en cuenta la edad de la niña, estás en muy buena forma.

Kate tenía que salir de allí antes de que le hiciera más preguntas.

–Gracias. Ahora, si me disculpas, tengo que llevarla a casa para su siesta matinal, pero antes necesito hacer unos análisis.

–¿Está enferma?

–No. Sólo son pruebas rutinarias.

–Me encantaría ayudarte.

–Creo que la doctora Milner es perfectamente capaz de trabajar sola, Renault.

Kate se volvió y vio a Marc. Renault no pareció

61

preocuparse por la presencia del rey ni por su tono cortante.

–No me cabe la menor duda, alteza. Sólo trataba de ser amable.

Marc se puso en jarras.

–Le aseguro que no necesita su ayuda.

Renault se volvió hacia Kate y se inclinó para besar la mano de Cecile.

–Eres una niña preciosa, Cecile.

Kate tuvo ganas de aplaudir cuando la pequeña apartó la mano y la vista. O tenía fobia a los desconocidos o sus instintos eran excelentes. Suponía que debía de ser lo último, porque con Marc, con Mary y con ella no había tenido ningún problema.

Antes de que Renault cruzara la puerta, Marc le dijo:

–Más le vale tener el mayor de los decoros con la doctora Milner, o tendrá que responder ante mí. ¿Está claro?

El médico miró a Kate con lascivia antes de volverse hacia Marc.

–Muy claro, majestad. No pretendo pisar el territorio de otro hombre.

Acto seguido, se marchó.

–¿Ha hecho algo inapropiado? –preguntó Marc.

Kate pensó en contarle lo que había pasado, pero prefirió esperar hasta asegurarse de que estaban a solas.

–Estoy acostumbrada a lidiar con tipos como él.

–Pero avísame si se pasa de la raya.

–Te prometo que te lo contaré si tengo que hacerle daño –afirmó ella, dándole a la niña–. Ahora ve con tu... rey, Cecile –la besó en la mejilla, reprimiendo las necesidad de hacer lo mismo con Marc–. Pórtate bien, preciosa. Iré a verte tan pronto como pueda.

—Estoy seguro de que te estará esperando impaciente. Y yo también, así que date prisa.

Marc salió de la sala, dejando a Kate en un estado de absoluta confusión. La estaba volviendo loca con sus idas y venidas. Era obvio que la deseaba, pero seguía diciendo que no podían estar juntos. Y Kate se preguntaba hasta dónde llegaría si Marc dejaba de resistirse.

Aunque era consciente de que sólo podían tener una aventura, estaba dispuesta a llegar hasta el final. Quería hacer el amor con él. No quería que la rescatara un príncipe azul; quería una noche de sexo apasionado. Una aventura. Quería sentir la libertad de estar entre sus brazos sin preocuparse de complacer a nadie salvo a Marc DeLoria y a sí misma.

Se estremecía al pensarlo, al pensar en él, en las sensaciones que le haría experimentar.

La fascinaba la idea de hacer el amor con un rey. Sólo necesitaba que el rey cooperara.

Capítulo Cinco

Cuando Kate terminó con los análisis de laboratorio, Louis Martine le preguntó si podía recibir a algún paciente. Ella accedió y estuvo acompañada por una enfermera encantadora llamada Caroline, que le servía de intérprete con los que sólo hablaban francés o español, que eran muchos.

Por la tarde, Kate estaba cargada de adrenalina, pero seguía preocupada por las limitaciones del idioma. Tenía que conseguir libros y cintas para poder estudiar cuando tuviera un rato libre. También tenía que llamar a su casa para decirle a su madre que había aceptado el puesto. Se negaba a pensar en la charla como un problema; ya iba siendo hora de que su familia aprendiera a vivir sin su atención constante.

Afortunadamente, Renault no había vuelto en todo el día, lo que en parte explicaba por qué estaba tan atestada la clínica, aunque a Kate no la había molestado atender a sus pacientes. Estaba encantada de volver al mundo de la medicina y de evitar tener que entregarle a Marc los resultados de los análisis.

Al llegar al palacio lo esperó en su despacho privado. Nicholas le había advertido que Marc podía tardar, porque había salido a dar un paseo en coche. Kate suponía que era su forma de relajarse, de escapar. Y cuando se enterara que Cecile tenía el mismo grupo sanguíneo que él, probablemente querría seguir conduciendo.

Kate caminó por el despacho, mirando los libros de los estantes, más por nerviosismo que por interés. Al ver un antiguo ejemplar de *Hamlet* pensó que «ser o no ser» era la pregunta del momento, teniendo en cuenta los posibles lazos de parentesco de Marc con Cecile.

Aun así, él había sido tan categórico al afirmar que no era el padre, que Kate casi lo creía. No tenía motivos para dudar de su palabra, pero sabía que los accidentes ocurrían y, si la madre de Cecile no aparecía, tal vez no supieran nunca la verdad.

Se sobresaltó al oír el timbre del teléfono y esperó a que alguien atendiera. Como seguía sonando, pensó que tal vez debía contestar. Podía tratarse de Marc, que llamaba para decirle que llegaría tarde. Si no, tendría que tomar el recado.

No sabía cómo debía atender y decidió optar por lo más sencillo.

—¿Diga?

Al otro lado de la línea hubo un largo silencio hasta que una voz femenina preguntó:

—¿Eres la secretaria de Marc?

Kate se sintió dominada por un repentino ataque de celos.

—No, no soy su secretaria.

La mujer soltó una carcajada crispante.

—Entonces debes de ser mi sustituta. Espero que estés aprovechando el talento de Marc. Es un amante maravilloso, ¿no crees? ¿Ya te ha llevado a la cabaña de la montaña?

Kate no tenía ganas de confirmar ni negar nada a aquella mujer, en especial cuando parecía ser una de las antiguas amantes de Marc.

—¿Quién habla?

—Soy Elsa, cariño.

Como si el nombre significara algo para Kate.

—Y dime, Elsa, cariño, ¿te puedo ayudar en algo?

–Llamo para ver si Marc ha recibido el regalo que le he enviado.

Kate tragó saliva.

–¿Un regalo de ojos azules y pelo rubio?

–Sí. Un pequeño recuerdo del tiempo que pasamos juntos. Dile a Marc que lo disfrute.

Cuando Elsa cortó la comunicación, Kate se quedó mirando el auricular boquiabierta. Se había equivocado al creer a Marc. Obviamente, la tal Elsa era la madre de Cecile, si se podía llamar «madre» a una mujer capaz de abandonar a un hijo de aquella manera.

La revelación le partió el corazón. Marc había tenido una hija con alguna mujer frívola e insensible. Y Kate quería saber si se atrevía a seguir negando que Cecile era suya.

Marc estaba impaciente por ver a Kate. Entró en el palacio por la puerta trasera y corrió a su despacho, con Nicholas pisándole los talones.

–¿La doctora parecía preocupada por algo? –preguntó, dándole las gafas y las llaves del coche–. Ocúpese de que alguien lo aparque y asegúrese de que nadie me moleste hasta nuevo aviso. ¿Está claro?

Nicholas se detuvo en la puerta del despacho e hizo una reverencia.

–Vivo para serviros, alteza serenísima.

Tras dirigirle una mirada severa a Nicholas, Marc abrió la puerta y encontró a Kate apoyada en el escritorio, en jarras y con gesto contrariado. O Renault había usado sus tácticas más rastreras para tratar de seducirla o había confirmado que Cecile tenía el mismo grupo sanguíneo que él y seguía creyendo que no era sincero.

Después de cerrar la puerta, decidió empezar con sus sospechas sobre el médico.

–¿Renault te ha hecho algo?

–No lo he vuelto a ver desde que te fuiste. Después de comprobar el grupo sanguíneo de Cecile, he atendido a unos cuantos pacientes.

–Entonces, ¿tienes el resultado?

–Sí –contestó ella, con aspereza–, y también tengo un mensaje para ti.

–¿Un mensaje?

–De una tal «Elsa, cariño». Ha llamado hace unos minutos, y he contestado porque creía que podías ser tú.

Marc se preguntaba para qué lo habría llamado Elsa. Le había dejado muy claro que no quería volver a saber nada de ella.

–¿Y qué quería?

Kate dio una vuelta por la habitación antes de volver a mirarlo.

–Quería saber si habías recibido su regalo, el de ojos azules y pelo rubio. Dijo que lo había enviado al palacio. Así que supongo que el misterio de la madre de Cecile está resuelto.

Marc se quedó perplejo hasta que se dio cuenta de lo que Elsa quería decir. Aunque Kate lo miraba con odio, no pudo contener la risa. Cruzó la habitación y buscó detrás del armario, con la esperanza de aclarar el malentendido.

–Éste es el regalo de Elsa –dijo, mostrándole a Kate un portarretratos enorme–. Una fotografía suya en biquini. Como verás, es rubia y tiene los ojos azules.

Kate se quedó contemplando la foto antes de volver a mirar a Marc.

–¿Considera que esto es un regalo?

Él volvió a guardar la foto detrás del armario y se mantuvo a cierta distancia, aunque se moría por besarla para despejar sus dudas.

–Elsa se considera un regalo para toda la humanidad. Creyó que me gustaría tener un recuerdo de nuestro breve romance. Se equivocaba. Iba a pedirle a Nicholas que lo tirase, pero con todo lo que ha pasado no he tenido tiempo.

–¿Pero no niegas que fue tu amante?

–No, eso no lo puedo negar.

Marc tampoco podía negar los celos que había en el tono de Kate, ni que, en cierta medida, lo complacían.

Ella entrecerró los ojos.

–¿Y no hay forma de que Cecile sea su hija?

–Hay tantas posibilidades de que Elsa sea la madre como de que su pecho sea auténtico.

Kate estuvo a punto de sonreír ante el comentario.

–¿Cómo puedes estar tan seguro?

–Suelo saber cuando una mujer tiene atributos naturales.

Ella frunció el ceño.

–Quería decir que cómo sabes que no es la madre de Cecile.

–Si Elsa se hubiera quedado embarazada, no habría abandonado al bebé.

–¿Así que no es tan ególatra como parece?

–Es mucho más de lo que parece, pero no es tonta y jamás arriesgaría su trabajo como modelo con un embarazo no deseado. Nunca ha querido tener hijos. Y si hubiera decidido tener uno, lo habría convertido en una campaña publicitaria, sobre todo si yo fuera el padre.

Kate guardó silencio unos minutos, como si necesitara digerir la información.

–De acuerdo, supongo que te creo.

–¿Supones? ¿No te he dado pruebas suficientes?

–Me has demostrado que es probable que Elsa no sea la madre de Cecile. Pero es más que probable que Cecile sea hija tuya o de Philippe.

Como él sospechaba.

–Tiene nuestro grupo sanguíneo.

–Sí. He confirmado los resultados con Martine.

Marc vio la desconfianza en los ojos de Kate.

–Tienes que creerme cuando te digo que Elsa fue la última mujer con la que tuve relaciones sexuales, y hace más de un año. Y siempre he tomado precauciones. La niña no es mía.

–No importa lo que yo crea.

–A mí sí me importa.

–¿Por qué?

Era una pregunta difícil, que él había evitado hacerse.

–Porque eres una persona muy especial, Kate. Necesito que confíes en mí. Sé cuánto valoras la verdad.

–Pero no siempre soy sincera. De hecho, hoy he dicho una mentira considerable.

–¿Me has mentido?

–A ti no. A Renault. Cuando ha aparecido en la sala de examen ha empezado a hacer preguntas, y le he dicho que Cecile era hija mía.

A Marc no se le habría ocurrido un plan mejor.

–Eso es brillante, Kate.

–¿Sí?

–Sí. Tal vez con eso podamos evitar las conjeturas sobre el parentesco de Cecile hasta que aparezca alguien con la verdad.

–Si aparece alguien.

Marc era muy escéptico al respecto y sabía que tendría que ocuparse de limpiar su nombre personalmente.

–Lo dudo mucho, pero sigue siendo urgente que averigüemos quién es la madre. Lo más probable es que resulte que mi hermano perfecto no era tan perfecto.

Ella lo miró con severidad.

–¿Haces esto por Cecile o por ti? ¿Quieres demostrar que Philippe no era tan parado como parecía? Y si lo haces, ¿cómo crees que afectará a tu familia?

La sinceridad de Kate lo desequilibró. No había pensado en cómo podía afectar la verdad a su madre, si demostraban que Philippe era el padre de Cecile.

–Necesito aclarar este asunto de una vez por todas, por el bien de todos. Ya veré cómo me ocupo del resto. Primero, tengo que tratar de averiguar la identidad de la madre.

–¿Y cómo te propones hacerlo?

Marc no tenía derecho a pedirlo, pero Kate era su única esperanza.

–Con tu ayuda.

–¿Mi ayuda?

–Sólo te pido que mantengas los oídos atentos a cualquier cotilleo. Podrías buscar en los registros del hospital, a ver si encuentras a una mujer misteriosa que haya dado a luz hace seis meses. El personal de palacio podría ser reacio a darte información sobre mi hermano, porque eres...

–Una plebeya.

–Por decirlo de algún modo, sí.

–Así que me pides que haga una pequeña investigación en mi tiempo libre.

–Sólo si no te molesta.

–No, mientras mantengamos a tu amante a raya.

Él dio un paso adelante.

–Mi ex amante. Entre Elsa y yo ya no hay nada, Kate.

–Es evidente que aún tienes algo que quiere.

–Quiere llamar la atención, eso es todo.

Kate se apoyó en la mesa y se cruzó de brazos, realzando sus senos.

–¿Estás seguro? Ha dicho que eres un amante maravilloso. ¿Es cierto, Marc?

Él estaba subyugado con la visión.

–¿Qué?

–¿Eres un amante maravilloso?

Lo único que sabía Marc era que no podía desoír la provocación de Kate; que no podía dejar de pensar en lo fácil que sería quitarle la ropa; que no podía hacer caso omiso de la tensión que sentía en la entrepierna.

–No suelo vanagloriarme de mis destrezas amatorias –contestó, aferrándose al último resquicio de compostura.

–Tal vez debería juzgarlo yo misma.

–No tienes idea de lo que pides, Kate.

Marc sabía que era consciente del poder que tenía sobre él, y aquella seguridad le resultaba irresistible.

–Te equivocas, Marc. Sé exactamente lo que pido, y tu también. ¿Eres un buen amante o no?

–«Bueno» es un término interesante, aunque sólo lo usa quien no aspira a ser genial.

–¿Y tú aspiras a ser un amante genial, Marc DeLoria?

–Detesto la mediocridad en cualquier ámbito.

Ella lo desafió con una mirada.

–Entonces, demuéstralo.

Marc estaba perdiendo el sentido común. Lo único que sabía era que si no se apartaba de Kate en aquel preciso instante, la besaría, intensamente y sin reservas; la tocaría, sin vacilación y sin pensar en las consecuencias. Sabía que por su posición tenía mucho que tener en cuenta y muy poco que ofrecerle, más allá del placer mutuo. Pero la deseaba desesperadamente y estaba tan condenado si cedía a la tentación como si no lo hacía.

Empujado por su debilidad, Marc acortó la distancia entre ellos, apoyó las manos en la mesa, a los lados de Kate, y le miró la boca como si no pudiera vivir sin volver a probarla una vez más. Ella le pasó la lengua con los labios, incitándolo a prescindir de las formalidades y de la ropa para entrar en ella inmediatamente. Pero rechazó la idea. Le bastaba con tocarla, con saborearla, con tentarla.

Después de besarla, le apoyó la cabeza en el pecho y sintió su perfume.

—Creía que habías dicho que no podíamos, Marc.

La voz de Kate era una cálida caricia para sus oídos.

—No deberíamos —murmuró él, deslizándole la lengua por el escote.

—Tal vez deberíamos ir a un lugar más privado.

Marc se enderezó y empezó a desabotonarle la blusa, sin atender a la persistente voz de su conciencia que le decía que se detuviera.

—He echado el pestillo y he pedido que no nos molesten.

Kate sonrió con nerviosismo, pero sin recelo.

—Muy hábil.

Finalmente, él le abrió la blusa, le desabrochó el sujetador y se maravilló con la visión de aquellos senos redondos y rosados.

—Eres perfecta —susurró, acariciándola con la yema de los dedos—. Perfecta.

Acto seguido, Marc bajó la cabeza y se llevó un pezón a la boca, disfrutando de sentirla contra su lengua. Quería más. Lo quería todo. Quería desabrocharle los pantalones, meter la mano dentro y sentir su calor y su humedad. Quería bajarse la cremallera, liberarse de la cárcel de la tela y entrar en ella.

Cuando Kate soltó un gemido de placer, la realidad lo sacudió de repente y dio un paso atrás.

—Tenemos que parar, Kate.

—¿Por qué?

Marc tenía muchos motivos, pero empezó por el más importante.

–No tengo preservativos, y no necesito otra complicación.

A Kate se le transformó la cara, como si le hubiera caído el peso del mundo encima.

–¿Complicación? ¿Eso soy para ti?

–No... no...

Marc no sabía que decir. Kate era una auténtica complicación. No sólo la deseaba con todo su ser; también sentía por ella cosas que no se atrevía a analizar.

–Mira, Kate –continuó–. He hecho lo que había dicho que no haría. He dejado que mi debilidad por ti me hiciera perder el juicio.

–¿Tu debilidad por mí o por las mujeres en general?

El comentario lo enfureció.

–He pasado casi un año sin estar con nadie, y no porque me faltaran proposiciones. En ese tiempo he conocido a muchas mujeres, en lugares muy distintos, y ninguna me había atraído tanto como tú. Sólo tú, Kate, nadie más.

Mientras se abrochaba el sujetador, Kate parecía algo más relajada, por no decir halagada.

–¿Y qué propones que hagamos? ¿Hacer caso omiso de la atracción que sentimos? ¿O sólo estabas tratando de demostrar algo?

–Si eso fuera cierto, Kate, no me habría detenido.

Ella lo miró a los ojos con detenimiento.

–Estás decidido a ser el rey de acero, ¿verdad?

Aquélla era una definición muy adecuada para su erección, pero no para sus fuerzas en lo relativo a Kate.

–No puedo hacer el amor contigo –declaró él–. Podría hacerte daño.

–No puedes hacerme daño, Marc. Sé que esto sólo es una cuestión de química, de atracción, algo pasajero.

–Pero no tienes idea de cómo es mi vida. Si alguien sospecha de lo nuestro, lo pasarás muy mal.

–No soy ninguna niña. Y como te dije ayer, estoy buscando una aventura. Sin embargo, no voy a obligarte a hacer nada que no quieras.

En aquel momento, a Marc le habría encantado tumbarla en el suelo y terminar lo que habían empezado. No obstante, se dio la vuelta y caminó hacia la puerta.

Necesitaba recordar quién era; un rey que necesitaba que lo aceptaran. Pero su deseo por Kate estaba comenzando a eclipsar todo lo demás.

No podía permitir que ocurriera aquello. No podía arriesgarse a destrozar todo lo que había hecho para mejorar su reputación. Y lo más importante, no podía arriesgarse a destrozarla a ella.

Sin volverse a mirarla, dijo:

–Me ocuparé de que Nicholas te lleve al hotel.

Y con aquello se fue, solo, para castigarse por su absoluta falta de control.

Aunque Marc se había ido varios minutos atrás, Kate aún sentía su boca y sus manos en los senos; aún lo oía decir que no podía hacer el amor con ella, que era una complicación. Y ella se negaba a ser una complicación.

Mientras se arreglaba la ropa para salir del despacho, decidió que tal vez hubiese sido mejor que se detuviera. Lo deseaba con todo su ser y la complacía saber que él también la deseaba. Al menos, físicamente. Pero se engañaba al tratar de convencerse de que sólo quería una aventura con él, un par de encuentros sexuales furtivos. En realidad, quería ser más que su amiga, más que su amante. El problema era que Marc era de los que buscaban aventuras temporales y sin complicaciones.

Lo que sentía por él era demasiado complejo para analizarlo en aquel momento. Necesitaba tranquilizarse e ir a ver cómo estaba Cecile. Con aquella idea en mente, abrió la puerta, pero se encontró cara a cara con la reina madre.

–Hola, Mary –dijo, con un entusiasmo que no sentía.

La reina la miró de arriba abajo.

–Hola, querida. ¿Has visto a mi hijo?

–Acaba de salir. ¿Cómo está Cecile?

–Es un ángel. Está durmiendo la siesta.

Kate estaba ansiosa por escapar.

–Voy a verla.

–Preferiría que dieras un paseo conmigo por los jardines. Hace un día precioso, y es una buena oportunidad para que charlemos un poco.

Kate supuso que debía de tener la culpa reflejada en la cara. Era obvio que Mary presentía que entre Marc y ella pasaba algo, y si no quería alimentar sus sospechas, tenía que acceder a su petición.

Para su sorpresa, la reina la llevó hacia el jardín sujetándola del brazo. Guardaron silencio hasta llegar a un banco de piedra en medio de la rosaleda. Mary se sentó y dijo:

–Siéntate conmigo, Kate.

Ella obedeció y observó los pájaros, deseando que le salieran alas para poder huir volando.

Mary suspiró.

–Supongo que ya tienes el resultado del análisis de sangre de Cecile.

A Kate la alivió que no preguntara por Marc, pero no estaba segura de que le correspondiera ser quien le diera la noticia. No obstante, no podía mentir a una mujer que había sido tan amable desde el primer momento.

–Sí, los tengo.

–¿Y bien? –preguntó la reina, ansiosa.

Kate se giró para mirarla de frente y la tomó de las manos.

–Cecile tiene el mismo grupo sanguíneo de Marc y de Philippe.

–Entonces es mi nieta.

–Probablemente, a menos que haya alguien más en la familia con ese subtipo.

–No. La línea acaba en Marcelo. Su padre tenía una sobrina, pero vive en Canadá, felizmente casada y con dos hijos. Y de mi familia ya no queda nadie.

Kate sintió pena por la soledad que se traslucía en la voz de Mary.

–Ahora tienes a Cecile. Y a Marc.

–Marcelo ha sido un desconocido para mí en los últimos años. Siempre ha estado buscando algo, aunque cualquiera sabe qué.

–Respeto –dijo Kate, con certeza.

–Supongo que tienes razón. ¿Crees que Cecile es su hija?

–Él afirma categóricamente que no.

–¿Pero lo crees?

Kate quería hacerlo; sinceramente quería creerlo.

–No importa lo que yo crea –contestó, repitiendo lo que le había dicho antes a Marc–. Lo que importa es que Cecile esté bien. Necesita su cariño.

–Y lo tendrá. Me preocupa más mi hijo. Como rey, tiene mucho que soportar.

–Lo sé, pero es resistente.

–También necesita el cariño de una buena mujer.

Kate se encogió de hombros.

–Estoy segura de que en alguna parte hay una princesa más que dispuesta a dárselo.

Mary le dio una palmada en la mano.

–Querida, Marcelo no necesita a una mujer de sangre azul; necesita a alguien que lo entienda. Alguien que le haga sentar la cabeza. Una mujer bonita y educada sería ideal.

La mirada expectante de Mary la sorprendió.

–Ya aparecerá alguien que le interese.

–Ya hay alguien: tú.

A Kate le costaba respirar.

–Mary, la verdad es que no creo que...

–No tienes que creer, Kate. Sólo tienes que estar ahí. El resto vendrá solo. A menos que no sientas nada por él.

Ella apartó la vista, sonrojada.

–Siento un enorme cariño por Marc. Desde que lo conocí, hace nueve años.

–¿Pero puedes amarlo?

En muchos sentidos, Kate ya lo amaba. Desde siempre.

–Ahora mismo, Marc necesita una amiga, y estoy dispuesta a serlo.

–La amistad es una buena forma de empezar –afirmó Mary, contemplando el jardín–. El padre de Marcelo era mi amigo y confidente. Mi amante. El amor de mi vida, aunque nos obligaran a casarnos.

–¿Fue un matrimonio concertado?

Mary sonrió.

–Sé que puede sonarte arcaico. Pero me gusta pensar que el destino intervino en nuestra unión. Lástima que fuera tan cruel y lo arrebatara tan pronto de mi lado.

A Kate se le hizo un nudo en la garganta al ver lágrimas en los ojos de la reina. Después de esforzarse para contener las suyas, dijo:

–Aún eres joven, Mary. Podrías encontrar a otra persona.

–Para mí no hay nadie más –replicó la reina–. He amado a un solo hombre en mi vida; un hombre maravilloso y sin igual –atrajo a Kate a un inesperado abrazo–. Ojalá encuentres el mismo amor, mi querida Kate. Lo deseo de corazón.

Ella quería creer que aquel amor existía, pero dudaba de que fuera posible con Marc.

–Gracias –dijo, cuando se separaron–. Tu historia me inspira.

Mary le apretó las manos.

–Y tu presencia aquí es muy bienvenida, lo cual me lleva a hacerte una petición.

–Lo que sea.

–Me gustaría que te mudaras al palacio, o debería decir a los terrenos del palacio –señaló un camino–. Detrás de ese seto verás una casita. Philippe la usaba de refugio. Hemos sacado sus cosas, pero sigue amueblada. Tendrías tu intimidad.

Kate se sentía emocionada y preocupada por la posibilidad de estar tan cerca de Marc. Si él decidía no insistir en que tuvieran una relación, tener que verlo a diario podía ser muy perjudicial para su corazón.

–Lo pensaré –le prometió a Mary–. Mientras tanto, me encantará quedarme aquí un par de días para ayudar a cuidar a Cecile.

–No es necesario. Beatrice será su niñera. Además, ya tendrás bastante trabajo en la clínica.

–No me importa perder sueño si es por Cecile –insistió Kate, omitiendo mencionar que tampoco le importaba si era por Marc–. Es un placer tenerla cerca.

Mary se puso en pie y la miró con complicidad, como si pudiera leerle el pensamiento.

–Ella también se ha encariñado mucho contigo. Y lo reconozca o no, mi hijo también.

Capítulo Seis

A Marc no le importaba reconocer que lo que sentía por Kate iba más allá del simple deseo. Admiraba su convicción, su fuerza de voluntad y su perspicacia. No podía negar que se moría por hacer el amor con ella y que Kate estaba traspasando la armadura con la que protegía sus emociones. Y no tenía idea de cómo había permitido que pasara.

O sí. Cuando estaba con ella no se sentía tan solo.

Pero en aquel momento estaba solo en su despacho, tratando de concentrarse en el trabajo, y sólo podía pensar en su situación con Kate, recordar los momentos que habían compartido.

Sin embargo, no podía caer en aquella trampa. No en aquel momento. No con todas las expectativas de su pueblo puestas en él. En menos de seis semanas tendría que aparecer ante el gabinete para exponer sus propuestas. Doriana necesitaba entrar en el siglo XXI, y para ello era fundamental contar con un buen sistema sanitario. Tenía que demostrarle al consejo que sólo quería lo mejor para su país y que necesitaba dinero para llevar adelante su proyecto.

Al ver que casi era medianoche, dejó a un lado las propuestas que había estado preparando y optó por irse a la cama. De camino a su dormitorio, se detuvo en la habitación de Cecile, con la esperanza de encontrar a Kate para poder disculparse por no haber cenado con ella. Pero sólo encontró a la niña durmiendo.

Se acercó a la cuna y la contempló detenidamente, tratando de encontrar algo de Philippe en sus facciones. A primera vista, cualquiera de los dos podía ser el padre. Aunque Marc estaba seguro de que no era hija suya, se sentía responsable de ella. A fin de cuentas, Philippe había muerto, y la niña era todo lo que quedaba de él, si es que de verdad era su hija. Marc estaba convencido de que lo era; sólo necesitaba demostrarlo.

Cecile soltó un gemido, y él le puso una mano en la espalda y le dio unas palmaditas, rogando que se durmiera antes de despertar a Beatrice. Pero la pequeña se puso a llorar, y tuvo que tomarla en brazos. Caminó por la habitación y la arrulló en voz baja para no despertar a toda la casa.

–Si montas un escándalo, tendremos un problema –susurró mientras le ponía el chupete–. Sé buena y vuelve a dormirte.

Ella se frotó los ojos, echó la cabeza hacia atrás, le puso un dedo en la boca y sonrió como si dijera: «Estúpido, no tengo intención de dormir».

Era imposible resistirse a una niña tan encantadora. Marc no podía, y ella lo sabía. Al parecer, aquella mujercita estaba decidida a robarle el corazón y lo estaba consiguiendo. Como Kate.

Marc le besó la mejilla.

–Tu madre debía de tenerte mucho en brazos. Si supiéramos quién es...

Cecile bostezó y le tocó la mandíbula, fascinada con la barba. Después, sin previo aviso, le apoyó la cabeza en el hombro.

Él experimentó una inesperada emoción al sentir el calor del cuerpo de la niña en el pecho. Era una criatura inocente y merecía lo mejor de la vida. Aunque nunca confirmaran su parentesco, Marc se prometió que se aseguraría de que estuviera a salvo y fuera querida por la familia. Cecile nunca conocería el dolor ni el rechazo.

Cuando sintió que estaba bastante calmada, volvió a dejarla en la cuna y contuvo la respiración. Ella lo miró a los ojos un momento antes de bajar la cabeza y empezar a respirar pausadamente.

Marc se sentía feliz de haber sido capaz de tranquilizarla sin mucho esfuerzo. Él también quería tener a alguien que lo reconfortara, que le asegurara que no era un mal gobernante. Quería tener a Kate.

Pero era obvio que Kate había vuelto al hotel, y tendría que afrontar la noche solo.

Ya en su dormitorio, Marc se duchó y se metió en la cama, sin molestarse en vestirse. Aunque estaba agotado, no conseguía relajarse. Contempló el techo y pensó en la posibilidad de ir a dar un paseo en coche, pero ni siquiera la perspectiva del viento en la cara lo atraía. Lo que más quería, lo que más necesitaba, era a Kate. Se había pasado años sin necesitar nada ni a nadie, y de repente, en sólo dos días, la echaba de menos más que a nadie, aparte de su padre y su hermano.

Sin embargo, no podía tener una aventura pasajera con Kate; tenía que ser todo o nada. Y no podía plantearse una relación seria porque, a decir verdad, nunca había tenido ninguna. Las relaciones serias necesitaban que se les dedicara tiempo, y, en aquel momento casi no disponía de tiempo libre. Aunque esperaba casarse algún día, como Philippe había esperado hacerlo, Marc no sabía bien cuándo estaría preparado para el matrimonio.

Recordó el brindis que había hecho años atrás. En primavera se reuniría con Dharr y Mitch. Tenía motivos de sobra para no casarse, pero eran mucho más complicados y convincentes que los de aquella apuesta de juventud. Y no podía permitir que la atracción que sentía por Kate lo dominara, por el bien de los dos.

Aun así, sentía un deseo irracional por la bella doctora. El recuerdo de su beso, del rubor de sus senos, del sabor de su lengua, lo hizo estremecer. Se acarició el estómago desnudo, imaginando que era la mano de Kate la que lo tocaba. Se excitó pensando que la tenía en la cama, que entraba en ella, que la abrazaba. Pero por mucho que la deseara físicamente, ansiaba aún más su confianza y su respeto.

Y ganárselos podía ser el mayor desafío de todos.

A la mañana siguiente, Kate entró en la clínica preparada para su primer día oficial de trabajo. O tan preparada como podía estar, teniendo en cuenta que apenas había dormido en los últimos tres días. La noche anterior no había sido la excepción, gracias a Cecile y a Marc. Pero no podía enfadarse con ninguno de los dos, y menos después de haber presenciado la escena de medianoche de Marc y Cecile. Se había escondido en la puerta de habitación de al lado de la de la niña cuando lo había oído entrar y había contemplado fascinada cómo la tranquilizaba Marc. Él se había ido a su dormitorio sin saber que Kate había sido testigo de su cuidado y su preocupación.

Para ella, Marc se había comportado como cualquier padre que acunara a su hija, y la tranquilizaba saber que, aunque se demostrara que no era suya, se haría cargo de ella sin problemas.

Pero en aquel momento, Kate tenía que ocuparse de su trabajo.

Después de presentarse en recepción, siguió a Isabella, la enfermera que había devorado a Marc con la mirada, hasta la salita donde podía dejar sus cosas. Isabella se había mostrado muy distante, y Kate pensó que, por ridículo que fuera, tal vez la considerase la competencia.

No le costó adaptarse a la rutina, porque ya se había aclimatado el día anterior. Caroline había vuelto a asistirla durante las numerosas consultas, y habían tenido un día tan ajetreado que Kate ni siquiera había tenido tiempo de comer.

Al final de la tarde había atendido a más de veinte pacientes, pero había tenido la suerte de no toparse con Renault. Con una taza de café flojo y un espantoso dolor de cabeza, se desplomó en la silla del despacho, se quitó los zapatos y puso los pies en la mesa.

Entonces vio a Renault en la puerta, mirándole las piernas. Su lascivia la hacía sentirse desnuda.

–¿Necesitas algo?

Kate se arrepintió de sus palabras en cuanto lo vio sonreír.

–Parece que has tenido un día duro –dijo él–. Tal vez sea yo el que deba preguntar si necesitas algo.

Lo que Kate necesitaba era que desapareciera.

–Estoy bien –afirmó, bajando los pies–. Estaba a punto de irme a casa.

–¿Dónde vives?

Ella no sabía cómo contestar. Aunque podía decirle que no era asunto suyo, prefirió mostrarse amable y decirle parte de la verdad.

–Estoy en el palacio hasta que encuentre un piso.

–Creo que hay una casa disponible cerca de la mía. No queda lejos del hospital.

–Lo tendré en cuenta. Gracias.

–Si quieres, puedes quedarte en mi casa. Tengo un dormitorio muy grande.

–No creo que sea buena idea.

Él la miró con ojos perversos.

–A mí me parece que sería una muy buena idea. Podríamos conocernos mejor.

–Prefiero mantener nuestra relación en el ámbito profesional.

–Te aseguro que mis intenciones son muy honorables.

–Una vez más, te agradezco la oferta, pero necesito espacio para mi hija y para mí.

Acto seguido, Kate levantó el bolso, y cuando se disponía a salir, Renault se puso en pie y preguntó:

–¿Cómo está tu hija? ¿Eran buenos los resultados de los análisis?

–Está muy bien, gracias. Hasta mañana.

–Me ha llamado la atención lo mucho que se parece a la familia DeLoria. ¿Hay algún parentesco?

–Por supuesto que no –contestó Kate–. ¿Cómo se te ocurre?

–Digamos que he visto cómo te mira el rey. ¿Sois amantes?

–No, no somos amantes. Fuimos a la misma universidad en Estados Unidos. Somos amigos.

–¿Sólo amigos?

–Sí. Tengo que irme.

–Antes me gustaría decir que me complace que trabajes para mí. Llevar una clínica puede implicar un gran desafío. A veces desearía haberme hecho cirujano.

–Estoy segura de que habrías sido muy bueno.

–Me halagas. Pero ¿cómo lo sabes, si no me has visto en acción?

Kate estaba decidida a divertirse.

–Tienes manos de cirujano. Pequeñas, fáciles de introducir en espacios reducidos. Y ya sabes lo que dicen de las manos y los pies pequeños. Supongo que por eso tiendes a exagerar en otras áreas.

Acto seguido, salió del despacho, sonriendo por la cara de disgusto con la que había dejado a Renault.

Al salir por la puerta trasera se sorprendió de ver que Nicholas aún no había llegado para llevarla de regreso al palacio. Cuando lo había llamado minutos antes, le había dicho que iba para allá. Decidió ir a ver si estaba en la puerta principal, por si la había entendido mal.

Cruzó el vestíbulo del hospital y al empujar las puertas se vio rodeada por una horda de periodistas armados con cámaras, micrófonos y grabadoras.

–¿Podría decirnos cuál es su relación con el rey? –preguntó uno.

Kate no sabía cómo lidiar con la situación y consideró que la verdad era su mejor recurso. A fin de cuentas, no tenía nada que ocultar, salvo lo que sentía por el rey.

–Somos antiguos compañeros de universidad.

–¿Son amantes? –preguntó otro hombre.

Primero Renault y después aquello. Kate se preguntó dónde estaba Marc cuando lo necesitaba.

–No. Somos amigos.

–¿Niega entonces el rumor de que el rey es el padre de su hija? –gritó una mujer.

Kate supuso que Renault era el responsable.

–Sí, lo niego. Hasta hace tres días, cuando llegué a Doriana para aceptar el puesto en el hospital, no había visto al rey en casi diez años.

–¿Pero no se aloja en el palacio con él?

–Me alojo en el Saint Simone Inn –contestó ella, aliviada al ver el Rolls-Royce de Nicholas–. Ahora tengo que irme.

Kate trató de abrirse paso entre la multitud, que había crecido, porque muchos turistas y lugareños se habían parado a ver qué pasaba. Era tal la presión de la gente que le costaba respirar. De repente, alguien la tomó de la muñeca y la empujó hacia delante, mientras los guardaespaldas alejaban a los periodistas y a los curiosos.

Era Marc. Kate nunca había estado tan contenta de ver a nadie. Sin embargo, antes de que pudiera llegar a la seguridad del coche, un hombre se lanzó hacia ellos para conseguir una imagen del rey y la golpeó en la cabeza con la cámara. A Kate se le llenaron los ojos de lágrimas y se le nubló la vista, pero aun así alcanzo a ver que Marc le asestaba un puñetazo en la nariz al fotógrafo.

Marc la rodeó con los brazos y la llevó hasta el coche, donde Nicholas los esperaba con la puerta abierta y una sonrisa de satisfacción.

—Bonito espectáculo, su masculinidad.

Kate no se lo podía creer. Apenas llevaba tres días en aquel país y ya había provocado disturbios. No se podía quejar; estaba buscando una aventura y la estaba teniendo.

Cuando se sentaron y cerraron las puertas, Marc le dijo a Nicholas que volviera al palacio y se volvió a mirar a Kate, con una mezcla de furia y preocupación en sus ojos azules.

—¿Te ha hecho mucho daño?

Kate se tocó la frente, justo encima del ojo izquierdo. Sólo tenía una pequeña hinchazón.

—No es nada. Aunque tal vez tenga un cardenal durante unos días.

—Le pediré a Louis que vaya al palacio a examinarte.

—Soy médico, Marc. No tengo nada roto. Sólo es un golpe. Tengo la cabeza muy dura.

—No lo dudo. De todas maneras, quiero que te vea Louis.

Kate estaba demasiado cansada para discutir.

—Como quieras.

—¿Por qué no estabas esperando en la puerta trasera?

–Estaba allí, pero como Nicholas no aparecía, he pensado que tal vez lo hubiera entendido mal y he ido a ver si estaba en la principal. No imaginaba que me bombardearían a preguntas.

Marc suspiró.

–Así es mi vida, Kate. Tu relación conmigo te pone en el candelero. ¿Qué te han preguntado?

Kate no quería enfadarlo más, pero Marc tenía derecho a saber la verdad. Por lo menos en lo relativo a la prensa. Las conjeturas de Renault se las contaría después. Mucho después.

–Me han preguntado por nuestra relación. Y han insinuado que Cecile era nuestra hija. ¿Puedes creerlo?

Marc le dio un periódico.

–Han sacado esa teoría de aquí.

Kate tenía la vista demasiado borrosa para leer, pero la foto del rey que entraba en el hospital acompañado por una mujer y con un bebé en brazos no necesitaba interpretación. Dejó el periódico a un lado.

–Esto no demuestra nada.

Marc se volvió a mirar por la ventana.

–Es suficiente para levantar sospechas. Y maldigo al buitre que la sacó.

Kate notó que Marc tenía los puños y los dientes apretados.

–Se te van a hinchar los nudillos. Aunque no creo que te hagas mucho daño. Siento no poder decir lo mismo de la nariz del fotógrafo y de tu reputación. Imagino los titulares: «El rey salva a una damisela en apuros».

–Eso si no me denuncian por agresión.

–¿Pueden hacerlo?

–Sí, pero de eso se ocuparán mis abogados.

–Lo siento, Marc. Debería haber tenido más cuidado.

–No es culpa tuya. Es mía. Debería haberte preparado para esto.

–¿Cómo? ¿Enseñándome a esquivar cámaras?

Durante un momento, Kate creyó que lo había hecho sonreír. En cambio, él la tomó de la cara y le miró la frente.

–¿Seguro que estás bien?

–Sí. En serio.

Sorprendentemente, Marc se acercó más y estiró un brazo en el respaldo del asiento.

–Si te hubiera pasado algo grave, jamás me lo habría perdonado, Kate.

–Fui tonta al creer que no importaba que alguien pensara que éramos más que amigos.

Él la tomó de la mano.

–Importa, y el tonto soy yo, Kate.

–¿Y eso por qué?

–Porque te he involucrado en este escándalo. Y porque sé que no debería hacer esto, pero no puedo evitarlo.

Marc agachó la cabeza y la besó tierna y apasionadamente. Durante un momento, Kate pensó que el beso era resultado de su frustración y su rabia, una forma de aliviar la tensión. Pero cuando él empezó acariciarle el cuerpo ya no pudo pensar en nada que no fuera lo mucho que lo deseaba.

Era lo único que podía explicar su falta de resistencia, la ausencia de sentido común que la llevó a separar las piernas para invitarlo a acariciarla íntimamente en un coche. Era muy consciente de lo que pretendía Marc al deslizarle los dedos por los muslos.

Entre los besos y las caricias, Marc la arrastró al límite de la locura. Kate se sentía tan atrevida que no dudó en ponerle una mano en la ingle para rozarle el sexo. Lo tocó como él la tocaba, a través de la tela que creaba un obstáculo frustrante, pero no lo suficiente para que dejaran de estimularse eróticamente. Kate tenía la sensación de que nada podría detenerlos.

–Hemos llegado, alteza.

La voz de Nicholas interrumpió el hechizo y el beso. Marc apartó la mano, se sentó al otro lado y apoyó la cabeza en el asiento, tratando de recobrar el aliento. También a Kate le costaba respirar. Ya echaba de menos el contacto, el calor y la boca de Marc.

Mientras cruzaban las puertas de entrada al palacio, Marc rompió el silencio.

–Mi madre me ha dicho que te ha ofrecido la casa de huéspedes. Me encargaré de que traigan tus cosas.

Por primera vez no se disculpaba por haber perdido el control.

–¿No crees que eso podría empeorar las cosas?

–Probablemente, la prensa sabe que estás en el hotel. Aquí estarás más protegida.

Los periodistas sabían dónde se alojaba porque había cometido el error de decírselo.

–Si crees que es lo mejor, por mí no hay problema.

–Pero aún tenemos otro problema.

–¿Cuál?

–Soy incapaz de resistirme a ti.

El comentario la hizo sonreír.

–Trataré de comportarme –prometió.

–No me preocupa tu comportamiento, sino el mío.

A Kate la preocupaba lo que estaba sintiendo por él.

–Acabas de golpear a un periodista. Puedes lidiar conmigo.

Marc sonrió.

–Ése es el problema, Kate. Quiero lidiar contigo

en un sentido muy íntimo, y después de lo que acaba de ocurrir, deberías saberlo. Si Nicholas no nos hubiera interrumpido, te aseguro que habría hecho mucho más.

Y Kate se lo habría permitido.

Marc se acercó para besarle la mejilla, justo antes de que Nicholas abriera la puerta.

–No estoy seguro de ser capaz de lidiar con ese problema.

Y Kate esperaba que no lo fuera.

En mitad de la noche, después de dormir a Cecile, Marc acompañó a Kate al hotel para buscar sus pertenencias. Iban acompañados de un ejército de guardaespaldas armados. Había sido capaz de mantener las manos alejadas de ella en el coche, pero en cuanto regresaron a la casa desierta se preguntó cuánto tiempo sería capaz de mantener su resolución.

Pensó en dejarla sola, pero no quería irse, menos después de que Martine le dijera que aunque la lesión de Kate no parecía grave, alguien debería vigilarla por si mostraba algún síntoma de conmoción cerebral.

–Otra gran colección de libros –comentó ella, echando un vistazo a la biblioteca–. Sólo lamento no saber francés. Pero aprendo deprisa.

Marc no podía quitarle los ojos de encima.

–Yo podría enseñarte algunas palabras.

Ella sonrió.

–En la clínica estoy aprendiendo mucho, y estoy segura de que se me irá quedando a base de exposición.

Marc quería exponerla a mucho más que palabras. Quería exponerla a sus manos, a su boca, a su cuerpo. Trató de relajarse en el sofá, tan duro y comprometedor como su erección. Se le tensaban los músculos con cada movimiento de Kate, pero cuando ella se volvió y empezó a desabotonarse la blusa, se excitó más de lo que se había excitado en años.

–Me voy a duchar –dijo ella.

Marc pensó en marcharse antes de que Kate se diera cuenta de lo mucho que lo afectaba.

–¿Te sientes bien?

–Perfectamente.

–Tal vez debería quedarme al lado de la puerta del baño, por si te mareas.

Ella se acercó al sofá y se detuvo enfrente de él.

–Tal vez deberías ducharte conmigo.

–Creía que te ibas a comportar –gruñó Marc.

–Creía que ibas a volver al palacio.

–Así es.

–¿Y a qué estás esperando?

Marc esperaba que su mente pusiera freno a su libido; esperaba que Kate lo echara; esperaba recuperar el sentido común para frenar la desesperada necesidad de tocarla.

Como nada de ello ocurrió, la tomó por la muñeca y la atrajo hacia sus piernas. Le deslizó las manos por los costados, disfrutando de la sensación de las curvas, deseando sentirla más. Su reputación estaba a salvo. Estaban solos, y nadie lo sabría. Si no podía tenerlo todo de ella, por lo menos le daría lo que necesitaba. Obtendría placer dándole placer a Kate.

–Creo que tenemos algo a medias –dijo.

–¿A qué te refieres?

–A lo que empezamos en el coche.

Ella sonrió.

–¿En serio? Creía que habías dicho que...

–Sé lo que he dicho, pero estoy cansado de luchar contra esto.

91

–Entonces no luches.

Marc la sentó en su regazo e interrumpió la conversación con un beso tan intenso como el que habían compartido en el coche. Kate lo abrazó y dejó escapar un gemido que lo incitó a seguir. Él le deslizó una mano por los muslos hasta llegar a la frustrante barrera de las medias. Sin dudarlo, las desgarró de un tirón, y descubrió que no llevaba nada debajo. El grito ahogado de Kate no lo detuvo; la forma en que apretaba las caderas contra su mano le indicaba que lo deseaba tanto como él.

Separó más las piernas, invitándolo a seguir. Marc interrumpió el beso para mirarla a la cara y, durante un instante, pensó en detenerse. Tenía una ventaja injusta sobre ella, y ella lo tenía en una encrucijada que cuestionaba su determinación de no hacerle el amor en el sofá. En cualquier caso, no estaba dispuesto a parar hasta darle el placer que merecía.

La acarició íntimamente, sintiendo cómo se humedecía ante su contacto.

–¿Te gusta? –preguntó.

Ella cerró los ojos.

–Me encanta.

Marc no dejaba de pensar que estaban cometiendo un grave error, pero decidió hacer caso omiso de sus preocupaciones para concentrarse en Kate y en su placer. Le devoró la boca mientras le introducía un dedo en el sexo. Ardía en deseos de saber cómo era sentirse rodeado por ella cuando alcanzara el orgasmo, pero no esperaba que lo hiciera tan pronto. Era lógico; después de tanto juego previo, lo raro era que no ardieran en combustión espontánea.

Marc no se resignaba a darle sólo aquella dosis de placer. Aunque su mente insistía en que se detuviera, su cuerpo le pedía a gritos que la arrastrara a un nuevo clímax, esta vez, con la boca. Pero en aquel momento, ella dijo:

–Te deseo, Marc. Quiero que me hagas el amor. Ahora.

Las resistencias de Marc se esfumaron cuando ella se sentó a su lado, le desabrochó la cremallera y le bajó los pantalones y los calzoncillos. Lo besó mientras lo tocaba, llevándolo al límite con la suavidad de sus manos. Marc sabía que tenía que poner un freno a aquella locura antes de que fuera demasiado tarde. Antes de que no pudieran parar.

Pero ya era demasiado tarde, de modo que sólo podía asegurarse de evitar que Kate quedara embarazada. La tomó de la muñeca y le apartó la mano. Ella frunció el ceño.

–Deseo hacer esto, Marc. Y tú también.

–Deberíamos ir al dormitorio.

–No quiero esperar.

Kate se soltó, se desabotonó la blusa y el sujetador y los arrojó a un lado. Cuando la vio quitarse la falda y las medias y quedar completamente desnuda ante él, Marc supo que no sería capaz de llegar al dormitorio. Se quitó la camisa y los pantalones, buscó el preservativo que se había guardado en el bolsillo, previendo que aquello podía pasar, y se lo puso.

Ella se tumbó en el sofá y estiró los brazos hacia él. Marc se hundió en su abrazo, en ella, y experimentó una libertad que no había sentido en años. No tenía nada que ver con el tiempo que había pasado sin estar con una mujer. Era Kate.

Al principio se movió lentamente, hasta que la necesidad lo llevó a empujarse hacia dentro, con toda la fuerza de su pasión. Ella le pasó las manos por la espalda y lo tomó del trasero mientras él aceleraba los movimientos, perdiendo el sentido del tiempo y el espacio en la búsqueda del placer.

Cuando sintió que Kate estaba alcanzando el éxtasis, empezó a besarle los senos, llevándola más allá del límite. Poco después se unió a ella con un grito ahogado y un espasmo que le recorrió todo el cuerpo. Lamentaba que hubiera sido tan pronto, pero se sentía demasiado bien para estropear el momento con lamentaciones.

Permanecieron abrazados un largo rato. Marc hundió la cabeza en el pelo de Kate y disfrutó la sensación de las caricias en su espalda. Podía quedarse así eternamente y mandar al diablo el mundo, sus responsabilidades y los problemas que tenía que afrontar.

En aquel momento sonó el teléfono, y Marc se apartó como si la corte real lo hubiera atrapado con las manos en la masa.

Kate se incorporó para contestar, rozándole el pecho con los senos.

–¿Diga? –contestó, mirando apenada a Marc–. Hola, Mary. No, no interrumpes nada. Estaba a punto de ducharme.

–No le digas que estoy aquí –murmuró él.

Pero ya era demasiado tarde.

–Está aquí. Acabamos de traer mis cosas del hotel. Estaba a punto de irse.

Marc se puso en pie, recogió su ropa y fue al cuarto de baño, mientras Kate le decía a su madre:

–Si te parece bien, me ducharé antes de ir.

Después de vestirse, Marc volvió al salón y encontró a Kate vestida sólo con la blusa.

–Nada como un niño quisquilloso para interrumpir –dijo ella, cohibida.

–Ha sido una interrupción oportuna; si no, habríamos terminado en tu cama y no habría sido muy prudente, porque sólo tenía un preservativo.

Kate se acercó y lo abrazó por la cintura.

–Habría sido maravilloso, y aún no ha terminado la noche. Siempre que tengas más preservativos en el dormitorio.

Él la tomó del trasero y se unieron en otro beso apasionado, hasta que la realidad y la culpa sacudieron el cerebro de Marc.

La apartó y dio un paso atrás.

—En este momento de mi vida, no puedo ofrecerte nada más que sexo, Kate.

Ella puso los ojos en blanco.

—Si me lo dices una vez más, gritaré. No espero nada de ti, Marc. Y no creo que no quisieras que esto pasara.

—Lo que no quería era ser rey, pero no era una decisión que dependiera de mí.

Marc se arrepintió de sus palabras al ver el abatimiento en los ojos de Kate.

—¿Tienes la impresión de que te he obligado a hacer esto?

—Claro que no, y deberías darte cuenta. Sólo lamento el caos en que se ha convertido mi vida. No te mereces eso.

Ella frunció el ceño.

—¿Por qué no me dejas decidir qué merezco y qué no? Y ya que te ha tocado ser rey, ¿por qué no tratas de concentrarte en las cosas buenas que haces?

—A veces me pregunto si hago algo bien.

—Claro que sí —afirmó ella, acariciándole la cara con devoción—. Sé de primera mano lo que es tener gente que dependa de mí. Mis padres me necesitaban tanto que no lo pude soportar más. Por eso vine aquí, para alejarme y tener una vida propia.

—Pero yo no me puedo marchar a ninguna parte.

—No, pero puedes concentrarte en los aspectos positivos de tu poder y tus aptitudes —le guiñó un ojo y sonrió—. Y créeme, te aseguro que tienes muchas aptitudes.

Marc sintió cómo crecía la tensión en su cuerpo.

–Kate, no sabes lo que me haces cuando dices esas cosas.

Ella le pasó un dedo por la cremallera del pantalón.

–Sí que lo sé –declaró, dándole las medias desgarradas–. Aquí tienes un recuerdo de esta noche, para que no la olvides.

Como si pudiera olvidar algo tan increíble.

Con una sonrisa traviesa, Kate se dio la vuelta y se marchó al cuarto de baño. Marc sabía que no pasaría mucho tiempo antes de que volvieran a hacer el amor, salvo que desarrollara una voluntad de acero. Pero era muy difícil que pudiera hacerlo después de haber comprobado lo bien que se sentía dentro de ella.

Sin embargo, lo que más lo atraía de Kate era que entendía que había un hombre detrás del rey. Como rey, Marc temía decepcionar a su pueblo; y como hombre, temía decepcionarla a ella. No cuando hacían el amor, porque sabía lo bien que se entendían sexualmente; lo que temía era no poder ser el hombre que ella necesitaba, que ella quería; lo aterraba no poder entregarle todo, incluso la parte que le ocultaba al mundo, que se ocultaba a sí mismo.

Si se comprometía a explorar más que el deseo mutuo, tendría que llegar hasta el final, porque Kate merecía un hombre que le dedicara todo su amor y su atención. Unos días atrás habría rechazado de plano la idea, pero aquella noche empezó a considerar la posibilidad y las ventajas de tener a Kate Milner en su vida.

Capítulo Siete

Kate había hecho lo impensable. Se había vuelto a enamorar de Marc DeLoria. Había desplegado toda su seducción, porque trataba de convencerse de que sólo quería una aventura con él, cuando en realidad deseaba tanto su corazón como su cuerpo. Y tres noches atrás, él había demostrado que era un amante consumado y un hombre que no quería comprometerse con una relación seria.

Pero Kate no estaba dispuesta a renunciar. Alguien tenía que conquistar el corazón de Marc, y no veía por qué no podía ser ella.

Tal vez porque el único compromiso que le interesaba a Marc era el que tenía con su reino. Ella era sólo una diversión, alguien que lo ayudaba a olvidarse de los problemas durante un rato. Decía que la respetaba, que creía que era especial y hasta hermosa, pero jamás había dicho que sintiera algo por ella aparte del deseo físico. Kate había perdido el juicio si esperaba algo más, sobre todo después de lo poco que lo había visto en los últimos días. Una vez más, Marc se había vuelto el rey esquivo, encerrándose en sí mismo.

Kate tenía que aceptar que la noche que habían estado juntos podía ser lo único que llegaran a compartir. Tenía que aceptar que probablemente sería una de tantas mujeres que habían tratado de conquistarlo sin éxito.

Por lo menos su día en la clínica había sido bastante bueno y algo más tranquilo que los anteriores. Por desgracia, la falta de trabajo le había dejado tiempo para pensar en Marc y preguntarse cuánto tiempo seguiría esperando que su relación con él se convirtiera en algo más. Algo que nunca iba a pasar, si él seguía evitándola. Mary y Cecile habían sido una grata compañía, aunque no era lo mismo que estar a solas con Marc.

Sin embargo, en aquel momento estaba demasiado cansada para pensar en ello. Eran casi las seis de la tarde, hacía más de una hora que había examinado al último paciente y se había quedado para terminar de rellenar unos informes antes de llamar a Nicholas para que fuera a buscarla. Guardó las últimas notas en la mesa del despacho que Martine había dispuesto para ella aquella mañana y se sobresaltó al oír voces, porque había dado por sentado que estaba sola en la clínica. Eran la voz de una mujer y de un hombre: la reina madre y el rey.

Se puso en pie, abrió la puerta y, al ver la aflicción en su rostro, sintió pánico.

–¿Le pasa algo a Cecile?

Mary esbozó una sonrisa.

–No, querida. Cecile está bien. Está con Beatrice.

–Entonces, ¿qué pasa?

–Esto –contestó Marc, dándole un periódico–. Además de describir mi altercado con el fotógrafo, hay un reportaje sobre el «bebé del palacio» y citan a una fuente anónima que dice tener pruebas de que la niña es tuya y mía.

Kate cerró los ojos y se llevó las manos a la cabeza.

–Temía que pasara esto.

–No es culpa tuya, Kate –dijo Mary–. La prensa no conoce límites cuando se trata de nuestra familia. Hay gente que disfruta creando rumores falsos para desacreditarnos.

Ella abrió los ojos para ver el gesto furioso de Marc y se arrepintió por no haberle hablado de los comentarios de Jonathan.

–Es probable que la fuente sea Renault. Hizo la primera insinuación hace tres días.

–¿Por qué no me lo dijiste enseguida? –preguntó Marc.

–Porque no quería que te enfadaras más.

–Pues no imaginas lo enfadado que estoy ahora, maldita sea.

–Cálmate, Marcelo –lo reprendió su madre–. Kate no merece que te pongas así. Hizo lo que creía que era mejor para ti.

Kate volvió su atención a Mary, porque le resultaba demasiado doloroso mirar a Marc.

–¿Puedo hacer algo? ¿Tal vez conceder una entrevista?

La reina la miró con ternura.

–No, querida. Tendremos que dejar que el rumor siga su curso hasta que podamos presentar nuestro descargo.

–O la prueba de que Cecile es hija de Philippe –añadió Marc.

–¿Y eso de qué serviría?

–Serviría para limpiar el nombre de Kate. Y el mío.

Kate se sentía en medio de una guerra.

–Por mí no te preocupes, Marc. Puedo lidiar con esto.

–¿Puedes?

Mary abrazó a Kate y afirmó:

–Claro que puede, Marcelo. Kate es una mujer fuerte y madura. Estoy convencida de que sabrá sobrellevar esta situación con elegancia.

A ella le habría gustado tener la confianza de la reina.

–Haré todo lo que me digáis. Y prometo no hablar con nadie sin consultaros.

–Tranquila, querida. Confiamos en ti –dijo la reina–. Sólo queríamos prevenirte y que Marcelo te llevara al palacio –soltó a Kate y miró a Marc–. Trátala bien. Mientras tanto, volveré para ver cómo está nuestra niña. Estoy segura de que Beatrice estará encantada de que alguien la releve.

Kate vio su oportunidad de huir. No quería hablar con Marc hasta que tuviera tiempo para tranquilizarse.

—Si me esperas un minuto, te acompaño, Mary. Puedo ayudar.

—Antes necesito hablar contigo —murmuró Marc, entre dientes—. A solas.

—Está bien.

—Tomaos vuestro tiempo —dijo Mary mientras se alejaba—. Les diré a los guardaespaldas que se queden en la puerta y le pediré a Nicholas que venga a buscaros después de dejarme.

Cuando Mary se fue, Marc entró en el despacho y se apoyó en la mesa, con los brazos cruzados. Kate cerró la puerta y se apoyó en la pared.

—Deberías haberme contado lo de Renault —afirmó Marc—. Habríamos podido evitar que el rumor llegara a la prensa, o al menos podríamos haber estado preparados.

—El daño ya estaba hecho; fue cuando los periodistas me asaltaron, hace unos días. E insisto en que si no te dije nada, fue porque estabas furioso.

—Han pasado tres días, Kate. Podrías habérmelo dicho.

Ella no pudo ocultar su enfado.

—¿Cómo querías que te lo dijera, si no estabas? Es difícil decirle algo a alguien que se niega a hablar.

—Tenía mucho en qué pensar, Kate.

—Yo también.

—Lo sé. Y eso también es culpa mía. Tal vez debería decir que Cecile es mi hija y dejar que el gabinete haga lo que considere apropiado conmigo.

Fue entonces cuando Kate comprendió que un escándalo de aquellas proporciones, por motivos verdaderos o ficticios, podía provocar un daño irrevocable en el prestigio de Marc como gobernante.

–¿Pueden derrocarte?

–No, pero me pueden complicar la existencia. Necesito su apoyo. Sin el gabinete sólo soy una figura decorativa.

–Entonces habla con ellos.

–¿Para qué?

Kate lo miró con incredulidad.

–¿Para qué? Porque se te da bien tu trabajo. Porque quieres hacer de tu país un lugar mejor. Porque te preocupas por tu pueblo. Todos lo saben.

–Estás haciendo una presunción absurda.

–No soy ninguna ignorante, Marc. Leo los periódicos y estoy informada de tus acciones. Sé que te admiran por tus dotes diplomáticas y que tienes fama de ser un líder fuerte.

–Olvidas mi fama de mujeriego.

–Eso era antes de que muriera Philippe. Desde entonces te has ganado el respeto de los gobernantes mundiales.

–No he ganado nada, Kate, al menos para mi pueblo. No me perdonarán esto.

Kate apretó los puños y suspiró con frustración.

–Está bien, Marc. Ríndete, si es lo que quieres. Pero no esperes que me quede a ver cómo te destruyes.

Aunque era lo más duro que había hecho en su vida, Kate le dio la espalda. No veía qué sentido tenía que tratara de convencerlo para que luchara, no cuando él parecía tan decidido a no dar la cara. Giró el picaporte, pero él puso una mano en la puerta, para que no la pudiera abrir.

–Necesito que me entiendas, Kate.

Ella se dio la vuelta, y el dolor que vio en sus ojos le destrozó el corazón.

–Entiendo, Marc, mucho más de lo que imaginas.

Pero no soporto la idea de que tires la toalla. No puedes retroceder cuando tienes tanto que perder.

–Ahora mismo, abdicaría encantado. Pero tienes razón, tengo que luchar. Se lo debo a mi pueblo y a la memoria de Philippe.

–Te lo debes a ti mismo, Marc. Esta situación es pasajera. La superaremos juntos. Somos fuertes y formamos un buen equipo.

Él le acarició la cara.

–No sé qué he hecho de bueno en la vida para tenerte a mi lado, sobre todo después de la forma en que te he tratado estos días. No sabes cuánto lo lamento.

–Lo sé. Y también sé que eres un buen hombre que soporta una enorme carga. Y sé que serás un buen padre para Cecile. Ella también te necesita, aunque no sea tu hija.

–Y yo te necesito a ti. Más de lo que imaginas.

Kate dudaba que Marc pidiera ayuda a menudo; era muy orgulloso. Por el desasosiego en su expresión, no debía de haberle resultado fácil reconocerlo. Y si podía ayudarlo, lo haría.

–Puedes contar conmigo, Marc. Pero tienes que bajar la guardia y dejarme entrar.

Él apoyó la frente en la de ella.

–Eres lo único sensato de mi vida, Kate, y te deseo tanto que a veces duele. Por eso te he estado evitando, porque sé que cada que te veo, que te toco, que...

La besó; un beso apasionado que revelaba su desesperación, su necesidad. La llevó hasta la mesa y se apretó contra ella, demostrándole cuánto la deseaba. Le deslizó las manos por el cuerpo, desde los hombros hasta las caderas, pasando por los senos.

Le desabrochó los pantalones, introdujo la mano y la tocó como si estuviera hambriento por el contacto íntimo. Kate se estremeció por la avalancha de sensaciones, por el amor que sentía por él y que probablemente siempre mantendría oculto.

Antes de que alcanzara el clímax, Marc apartó la mano y se bajó la cremallera. Kate pensó que no debían. No allí, no en aquel momento, no sin protección.

Marc le bajó los pantalones y las braguitas hasta las rodillas y se introdujo en ella con una fuerte embestida, arrastrándola al orgasmo. Kate estaba tan extasiada que no podía pensar con coherencia, mientras Marc la sujetaba del trasero y la empujaba contra sí, una y otra vez, susurrándole cosas en francés al oído.

Marc empezó a jadear y, con un último empujón, se sacudió con la fuerza explosiva de su propio clímax. Ella le besó la cara, le acarició el pelo y lo abrazó hasta que recuperaron el aliento. Pero la consciencia de lo que había pasado, y de lo que habían hecho, la golpeó con la fuerza de un terremoto. Quería absorber la pena de Marc, huir de sus problemas y vivir más momentos como aquél, aunque sin olvidar lo único que debían hacer para evitar que hubiera más confusión en sus vidas.

Oyó maldecir a Marc y supo que también se había dado cuenta. Apoyó las manos en la mesa y bajó la vista.

—No hemos...

—Lo sé.

—¿Puedes...?

—¿Quedarme embarazada? Sí.

—Maldita sea.

Después del momento de ternura que habían compartido antes de aquel acto desenfrenado, Kate esperaba palabras de amor, no de arrepentimiento. Pero también se maldecía por haber sido tan poco

precavida. Como él, conocía las posibles consecuencias.

Marc se apartó de ella y se dio la vuelta.

–No espero que me perdones por mi total falta
de prudencia –dijo, mientras se abrochaba los pantalones.

Kate no pudo hacer caso omiso del muro emocio-
nal que había levantado, del tono distante. Se puso
la ropa con manos temblorosas, sin poder dejar de
pensar en la gravedad de la situación. Esperaba que
una broma contribuyera a aplacar los ánimos.

–Bueno, ahora podemos añadir los despachos a
la lista de los sitios que debemos evitar, además de
los sofás y las cocinas. Tal vez sólo seamos capaces
de controlarnos en una cama.

Cuando él se volvió para mirarla, Kate supo que
su esfuerzo no había funcionado.

–No importa dónde estemos, Kate. Sólo podemos evitar perder el control si evitamos vernos. Te
aseguro que jamás había sido tan irresponsable.
Nunca. Parece que lo único que hago es crear un
problema tras otro.

Kate tendría que haberse sentido halagada por
empujarlo a semejante abandono, pero estaba
acongojada. No sólo por lo que podía suponer a
largo plazo, sino porque él consideraba sus relaciones sexuales un problema, cuando para ella eran
un regalo.

–Si me quedo embarazada, no espero nada de ti.
Pero te prometo que querré a cualquier niño que
tenga, independientemente de que participes en su
vida o no.

Marc la miró con los ojos llenos de furia.

–¿Me consideras capaz de abandonar a mi propio hijo? Ahora comprendo por qué no me crees
cuando digo que Cecile no es mi hija.

Las cosas no podían empeorar.

–Te creo, Marc. Es sólo que no quiero que te sientas obligado a hacer nada que no quieras. Y si crees que deberíamos evitarnos, dímelo. No volveré a molestarte.

–Kate...

Marc vaciló un momento antes de darse la vuelta e ir hacia la puerta.

–Nicholas debe de estar esperando. Volveré con los guardaespaldas. Podemos hablar de esto más tarde.

Kate contuvo las lágrimas mientras lo seguía al pasillo.

–Marc, tenemos que hablar ahora. No te puedes ir así como así.

–¿El rey y su chica tienen una pelea de enamorados?

Kate y Marc se volvieron hacia el final del pasillo. Kate se sintió morir cuando se dio cuenta de que era la voz de Jonathan Renault.

Ya no les resultaría tan fácil negar sus afirmaciones.

Marc decidió no reprimir la furia que sentía.

–Se está metiendo en un terreno peligroso, Renault. Desde que llevó sus erróneas suposiciones a la prensa.

Él médico miró a Kate de pies a cabeza antes de concentrarse en sus mejillas sonrojadas y sus labios hinchados por los besos.

–Parece que mis suposiciones eran correctas, aunque yo no le he dicho nada a la prensa.

Marc dio un paso adelante con gesto amenazador.

–Mentiroso.

–¿Mentiroso yo? Perdón, alteza, pero creo que es usted quien ha mentido sobre su relación con la doctora Milner. Aunque entiendo sus motivos. Imagino que la gente de Doriana no podría aceptar que su rey tuviera a una *putain* plebeya como amante.

Nadie llamaba prostituta a Kate. Nadie.

—Es usted un bastardo desgraciado.

Marc se dejó llevar por la furia, pero antes de que pudiera lanzar un puñetazo a la cara de Renault, Kate lo tomó del brazo.

—No, Marc —dijo—. Eso sólo empeoraría las cosas.

—Escuche a su amante, alteza. Si me pone una mano encima, presentaré cargos. No me importa que sea el rey.

Marc sintió cierta satisfacción al ver el terror en los ojos de Renault.

—Tiene razón. No estoy por encima de la ley. Pero estoy en mi derecho de destituirlo de su puesto en el hospital. Quiero que se vaya esta misma noche y que no vuelva. Y si lo veo de nuevo, no seré tan benevolente.

—¿Me está amenazando?

—Estoy diciendo que no voy a seguir tolerando su insolencia, Renault.

—Le prometo que se arrepentirá de su decisión.

Cuando el médico se fue, Marc se puso de cuclillas y se llevó las manos a la nuca. Jamás se había sentido tan agotado e inútil. Siempre se había mostrado muy comedido cuando lidiaba con personas como Renault y siempre había tomado precauciones cuando hacía el amor. Aquella noche no había hecho ninguna de las dos cosas.

—Vamos a casa, Marc.

A casa. Marc no sentía que tuviera una casa, un lugar que sentir como propio, salvo cuando estaba en brazos de Kate.

Habían pasado dos días desde lo ocurrido en la clínica, y Kate apenas había visto a Marc. Había ocupado su tiempo con el trabajo y buscando en los registros del hospital a alguna mujer misteriosa que hubiera dado a luz entre seis y ocho meses antes, como Marc le había pedido. Pero no había encontrado nada que sirviera para averiguar la identidad de la madre de Cecile. Todos los niños habían sido registrados por ambos padres, menos uno, y había sido varón. Todo parecía indicar que Cecile no había nacido en el hospital de Saint Simone, lo cual complicaba la investigación.

Decidió que tendría que empezar a preguntar al personal, si podía concentrarse en algo más que en el problemático Marc. En aquel momento, tenía que dar de comer a Cecile.

–Estoy preocupada por mi hijo.

Kate levantó la vista para mirar a Mary.

–Marc está preocupado por todo –dijo.

–Tiene mucho de qué preocuparse, pero lo superará si estás a su lado.

Kate sentía que en aquel momento, Marc no quería tener nada que ver con ella, algo que la hería en lo más profundo de su corazón.

–Lo superará solo. Es fuerte.

Mary sonrió con una sonrisa de madre.

–Un hombre muy fuerte que se resiste a aceptar que está enamorado.

Kate estaba tan impresionada que tuvo que hacer un esfuerzo para hablar.

–Creo que estás interpretando mal mi relación con Marc. Sólo somos amigos.

–No es que sepa nada, Kate. Sin embargo, se le ve el amor en los ojos cuando te mira. ¿No lo has notado?

Lo único que había visto Kate era arrepentimiento y furia. Los últimos días sólo se habían visto durante la cena, y ella no había notado nada.

–Está enfadado conmigo. No tiene nada que ver con el amor.

–Está enfadado con el mundo, Kate. De ti está enamorado.

Desesperada por huir, se levantó de la mesa, le limpió las manos y la cara a Cecile y la sacó de la sillita.

–Voy a acostarla.

–Beatrice se puede ocupar de eso. Pareces agotada.

Era cierto. Le dolían todos los músculos, pero era por haber hecho el amor en posiciones incómodas, aunque habían pasado días desde la última vez. Se puso colorada al recordar las escenas.

–Llevaré a la niña a la cuna. Así, Beatrice tendrá un descanso, y yo, una oportunidad de relajarme después de un largo día.

Mary sonrió con una picardía sorprendente en una reina tan sofisticada.

–Se me ocurren otras formas de relajarse.

Kate frunció el ceño.

–No sé qué quieres decir.

–Claro que sí. Y mi hijo también. Pero si prefieres hacerte la tonta, te entiendo. Es incómodo hablar de cuestiones íntimas con la futura suegra.

Kate la miró boquiabierta.

–Es una broma, ¿verdad?

Mary se puso en pie y le dio una palmada en la mejilla.

–Nunca me tomaría a la ligera algo tan importante. Y tengo muy buen instinto para esas cosas. Sólo espero que tú también.

Mary se marchó, con una sonrisa.

Kate necesitó un momento para digerir sus suposiciones. Se equivocaba al pensar que Marc se casaría con ella. Pero no se equivocaba al suponer que su relación iba más allá de la amistad, al menos para Kate. Mary se confundía al creer que su hijo quería formar una familia, con el peso del reino sobre sus hombros.

–¿No te parece descabellada la idea de que Marc quiera casarse conmigo? –le preguntó a Cecile mientras la llevaba a su habitación.

La niña soltó una carcajada, y Kate la abrazó con fuerza.

–Lo mismo pienso yo –añadió.

Una vez más, Marc estaba encerrado en su dormitorio, dando vueltas a sus problemas. Durante los últimos días se había reunido con el gabinete, y su jefe de prensa había tratado de contrarrestar las acusaciones. Sin embargo, las conjeturas en torno a su relación con Kate y su paternidad se habían extendido por toda Europa.

También había conseguido mantenerse lejos de Kate, y, aunque era lo mejor para los dos, se lamentaba de la decisión. Tenía que reprimir la necesidad de ir a buscarla, de hacerle el amor. Pero no podía seguir apoyándose en ella para sobrellevar las dificultades. Jamás había confiado en que nadie lo ayudara a superar sus problemas. Salvo en Kate, cuando necesitaba ayuda en la universidad. Desde entonces había tenido que arreglárselas solo. Y tendría que seguir así.

No obstante, había encontrado cierto consuelo en la compañía de Cecile. Casi sabía el momento exacto en que se despertaría para que le hicieran caso. Lo divertía oír a Beatrice decirle a su madre que la niña ya no se despertaba durante la noche.

Miró el reloj de la mesita y se dio cuenta de que era hora de que Cecile se levantara. Tal vez no fuera capaz de mantenerse firme como gobernante ni de darle a Kate todo lo que necesitaba, pero por lo menos podía ser el príncipe azul de una niña inocente. Una niña que sólo quería su compañía, que lo miraba con admiración, sin juzgarlo, cuando recogía su chupete del suelo.

Se puso la bata, cruzó el pasillo, abrió la puerta de la habitación de Cecile y la encontró durmiendo en brazos de Kate, que se había quedado dormida en la mecedora. Se apoyó en el umbral y las miró con ternura. Quería poner a Cecile en la cuna y llevar a Kate a su dormitorio, pero las contempló un rato más y cerró la puerta.

Después, se apoyó en la pared del pasillo y miró el techo. Ya no podía reprimir lo que sentía por Kate. La quería más de lo que había querido a ninguna mujer. Y quería estar con ella, aunque sabía que no debía.

Volvió a su dormitorio decidido a trazar un plan. Tenía que encontrar la manera de demostrarle lo mucho que le importaba. Siempre que ella lo siguiera deseando.

Kate quería gritar. Si alguien más le preguntaba si era la novia del rey, la oirían al otro lado del océano. Su madre había sido la última en preguntárselo. Kate le había dicho que Marc y ella sólo eran amigos. No era exactamente la verdad, pero tampoco era mentira. Aunque en los últimos cinco días no habían sido ni lo uno ni lo otro.

Kate necesitaba un descanso de los chismes, las insinuaciones y las miradas furtivas. Era sábado, su merecido día libre, y se preparó para dedicar un rato a hablar con el personal del palacio sobre Philippe. Si conseguía algún dato, tendría una excusa para hablar con Marc. De lo contrario, se negaba a invadir su intimidad. Mientras no supiera exactamente qué le iba a decir, aceptaría la decisión de mantener las distancias.

Cruzó los jardines y entró en la cocina del palacio, donde Beatrice estaba preparando varios biberones para Cecile. Era la mejor forma de empezar, ya que se habían hecho amigas, y la niñera hablaba muy bien el inglés.

–Hola, Bea.

–Hola. Si buscas a la niña, está durmiendo. La reina también se está echando una siesta.

–En realidad, quería hablar contigo. ¿Conocías a Philippe?

–Sí. Llevo muchos años aquí.

–¿Y lo conocías bien?

–Bastante.

–¿Sabes si tenía una relación con alguna mujer? Tal vez con alguien a quien la familia no conocía.

Beatrice estuvo a punto de volcar un biberón.

–Estaba comprometido con la condesa Trudeau.

Kate sospechaba que los nervios de la mujer podían indicar que sabía algún secreto.

–¿Y cómo era la condesa?

–No la conocí.

–¿No solía venir al palacio?

–No –contestó Beatrice, metiendo los biberones en la nevera–. Tengo que ir a ver a la niña.

Kate le puso una mano en el hombro.

–Sé que probablemente no quieres contestar a mis preguntas, Bea. Pero es muy importante. Puedes confiar en que todo lo que me digas será confidencial.

–No entiendo adónde quieres llegar.

–Creo que sabes algo sobre la vida amorosa de Philippe. ¿Tenía alguna amante secreta?

–No podría decir... No debería...

–Necesito saberlo. Eso podría ayudarnos a encontrar a la madre de Cecile.

La niñera miró a su alrededor como un ciervo asustado antes de volver su atención a Kate.

–Prométeme que, si te lo cuento, no le dirás a la

111

reina que he sido yo. He prometido no revelar nada relacionado con la intimidad de la familia real.

–Te lo prometo.

Después de mirar a ambos lados una vez más, Beatrice se echó hacia delante y murmuró:

–Se rumoreaba que tenía una amante en un pueblo de la montaña, una campesina. Creo que una noche la vi en la casita de huéspedes. Yo estaba dando un paseo con un amigo por el jardín.

–¿Me la puedes describir?

–No la vi con claridad.

–¿Sabes cómo se llama? Aunque sólo sea el nombre.

–No. Lo oí llamarla «mi amor». Eso es todo.

Y era más información de la que tenían antes. Kate abrazó a la niñera.

–Gracias, Bea. Eres genial.

–Y tú. Has traído alegría a la casa.

A Kate le habría gustado creer que era cierto. Al menos en lo relativo a Marc.

–¿Has visto al rey?

–Bernard... quiero decir... Nicholas ha dicho que el rey estaría fuera casi todo el día.

Beatrice se había puesto colorada como un tomate. Bernard y Beatrice. Tal vez hubiera quedado resuelto el misterio del amigo. Lástima que Kate no pudiera decir lo mismo de la madre de Cecile ni de las actividades de Marc de los últimos días. Tal vez había encontrado una amante en un pueblo de la montaña. Los celos que le despertaba la idea la consumían.

–¿Podrías decirle a Nicholas que le diga al rey que necesito verlo? Estaré esperando en la casita.

–Por supuesto.

–Después nos vemos, Bea. Y gracias por todo.

Con energía renovada, Kate cruzó los jardines, deteniéndose a oler las rosas en el camino. Recorrió los últimos metros dando brincos, como una niña. Al entrar en la casita se paró en seco cuando encontró a Marc sentado cerca de la chimenea, con unos vaqueros gastados y un jersey negro que le daban un aspecto arrebatador.

–¿Dónde estabas? –preguntó él.

Kate tuvo que hacer un esfuerzo para resistirse a la tentación de arrojarse a sus pies.

–¿Qué más te da? La última semana no te ha importado mucho mi paradero.

–He estado ocupado.

–Y yo.

Kate empezó a contarle lo que había hablado con Beatrice, pero se quedó sin palabras al ver que la estaba desnudando con la mirada.

–¿Qué haces aquí? –preguntó, con un hilo de voz.

–Tienes que acompañarme a un lugar.

–¿Y qué pasa si no quiero?

Kate se estremeció al verlo acercarse hasta quedar a unos pocos centímetros de ella.

–¿Seguro que quieres que te enseñe lo que haré si no aceptas?

Ella lo desafió con la mirada.

–Si crees que eres lo bastante hombre...

Para demostrar que lo era, Marc la levantó, se la puso en el hombro y la llevó hasta el todoterreno. Después le pasó la lengua por los labios y le tapó los ojos con un pañuelo blanco, antes de sentarse al volante.

Por ridículo que pareciera, a Kate no le importaba, siempre que en algún momento le quitara la venda y todo lo que le quisiera quitar.

Ya no podía resistirse a él.

Capítulo Ocho

—¿Falta mucho?

—No.

Marc miró a Kate, que parecía demasiado relajada para llevar una venda en los ojos. Aunque el paisaje pastoril tenía unas vistas preciosas, cuanto menos supiera del destino, mejor. Quería reservar todo el efecto para cuando viera la cabaña de cuatrocientos metros cuadrados construida en medio de bosques y montañas, a kilómetros de cualquier pueblo.

Quería dedicar el resto del fin de semana a tratarla como merecía, a hacerle el amor sin interrupciones, en una cama de verdad y a la luz de la hoguera. Quería decirle lo que sentía, y su refugio privado parecía el lugar perfecto.

Después de aparcar frente a la cabaña, Marc apagó el motor y abrió las puertas.

—Hemos llegado.

—¿Adonde? —preguntó ella, llevándose las manos a la venda.

—Espera. No te la quites aún.

—¿Por qué?

—Porque quiero quitártela yo.

Marc se bajó del coche y fue a ayudarla. Cuando le quitó la venda, la miró a los ojos y vio sorpresa y algo que no alcanzaba a definir, pero que casi parecía enfado.

—Ésta debe de ser la famosa cabaña de la montaña —dijo Kate.

Él supuso que el personal del palacio había estado hablando más de lo debido. Metió la llave en la cerradura, decepcionado por la falta de entusiasmo de Kate.

–Veo que alguien me ha estropeado la sorpresa. ¿Quién ha sido? ¿Nicholas?

–En realidad, fue Elsa.

Marc se quedó helado.

–¿Elsa?

–Cuando hablamos por teléfono me preguntó si ya me habías llevado a la cabaña de la montaña.

Marc tenía ganas de llamar a Elsa para decirle lo que pensaba, pero allí no había teléfono. Abrió la puerta, se hizo a un lado y consideró una pequeña victoria que Kate entrara sin protestar. Muy pequeña, dada la persistente ausencia de entusiasmo en su expresión. Decidió que sería mejor que fuera sincero sobre su pasado.

–Traje a Elsa una sola vez. Mi madre la estaba sacando de quicio, así que decidí que sería un buen lugar para escapar. Elsa aguantó menos de una hora antes de pedir que volviéramos al palacio, después de quejarse una y otra vez de la falta de comodidades modernas.

–¿No hay agua corriente?

–No había suficientes enchufes en el baño para sus aparatos.

–Creía que contigo aquí no necesitaría ningún aparato.

La muestra de humor animó a Marc.

–Aparatos como secadores de pelo y docenas de rizadores. Vive pendiente de su imagen.

–Comprendo. Lo que no entiendo es cómo la sacaba de quicio tu madre, si es un encanto.

–Mi madre no le tenía mucho aprecio. No tenía la relación que tiene contigo.

–A mí también me cae bien. Y te quiere mucho.

115

A veces, Marc se preguntaba hasta qué punto era cierto. No obstante, en aquel momento prefería no profundizar en el tema.

–¿Quieres ver el resto? ¿Asegurarte de que se adapta a tus necesidades?

Kate se encogió de hombros.

–No he traído ningún aparato, así que me da igual que no haya enchufes. Tampoco he traído ropa para cambiarme, por lo que deduzco que no nos quedaremos mucho.

–Pues te equivocas. Planeo tenerte aquí toda la noche, pero no necesitarás ropa.

Ella levantó la cabeza con gesto desafiante.

–¿Tanta confianza tienes?

–No es confianza, Kate. Es determinación. Estoy decidido a pasar un buen rato contigo. Te he echado de menos.

Ella se dio la vuelta y fue hasta el ventanal que daba al bosque.

–Yo también te he echado de menos, pero eso no quiere decir que esté dispuesta a perdonarte por no haberme hecho ni caso en toda la semana.

Marc se acercó y le rodeó la cintura con los brazos.

–Esta noche pretendo ganarme tu perdón y aliviar tu enfado.

Cuando ella empezó a volverse, él la detuvo.

–No te vuelvas.

–¿Por qué?

–Tengo algo para ti –dijo, sacándose un collar del bolsillo–. Recógete el pelo.

Kate lo hizo, y Marc le besó la nuca y cerró el broche antes de tomarla de los hombros para girarla. El delicado colgante de esmeraldas y diamantes caía entre los senos de Kate.

–Como suponía –añadió–, hace juego con tus ojos.

Ella miró el regalo fascinada.

–Oh, Marc. Es precioso.

–Como tú.

–¿Por qué has hecho esto?

–Digamos que es una muestra de aprecio. Sé que probablemente es un gesto inadecuado, pero...

Kate le cerró la boca con un dedo.

–Es maravilloso. Nadie me había hecho un regalo tan increíble.

–Te mereces lo mejor. Ojalá no estuvieras metida en mis actuales problemas.

–¿Por qué no nos olvidamos de todo esta noche? Disfrutemos del tiempo que podemos pasar juntos y no pensemos en nada más.

–Buena idea. ¿Me perdonas?

–Puede ser.

–Quiero enseñarte otra cosa.

Ella sonrió con picardía.

–¿También la tienes en los pantalones?

–Me encantaría que me registraras, pero no ahora. Lo que quiero que veas está en otra habitación.

La tomó de la mano y la llevó al enorme salón, donde había una mesa repleta de canapés, quesos, frutas y postres. Kate echó un vistazo y se maravilló con los escudos que colgaban de las paredes y con la chimenea de piedra que se alzaba hasta el techo.

–Este lugar es enorme. ¿Lo usas para recibir a los dignatarios?

–En realidad, no suelo tener invitados. Antes era un hotel para esquiadores, y cuando los dueños se jubilaron, lo compré.

Kate miró el banquete que los esperaba.

–¿Esperamos a alguien? Aquí hay suficiente para que cene medio continente.

–Es todo para nosotros.

Ella se acercó a la mesa.

–No estoy segura de tener tanta hambre.

–Podemos dejar la cena para más tarde, si lo prefieres.

A él se le ocurrían otras formas de pasar el rato.

Kate pasó un dedo por la mousse de chocolate y se lo llevó a la boca, avivando la imaginación de Marc.

–Pensándolo mejor, creo que una cena estaría bien –dijo, sentándose en la silla más alejada de la comida.

–Kate, no hay nadie para servirnos.

–Estás tú. Si quieres mi perdón, tendrás que ganártelo.

Para Marc no era ningún problema. Tomó un plato y lo llenó de ostras. Después sirvió otro para él y dos copas de vino, y se sentó al lado de Kate. La esperó para empezar a comer, pero ella se quedó mirándolo.

–¿No te gusta lo que he traído? –preguntó él.

–Me gustaría más si me lo dieras en la boca.

Marc vio el fuego en aquellos ojos verdes y supo que era una invitación al juego previo. Al parecer, estaba perdiendo su comprensión de la mente de las mujeres. Lo compensaría con su conocimiento del cuerpo femenino.

Empezó con las ostras. Le acercó una a la boca, esperando que protestara. Para su sorpresa, Kate la aceptó sin problemas. Otro punto a su favor. No a todo el mundo le gustaban tanto como a él.

–Me encantan –dijo ella, después de tragar.

A Marc le encantaba mirarle los labios, húmedos y carnosos.

–¿Y ahora qué te apetece?

–Uvas. Siempre he querido que alguien me diera uvas en la boca.

Él obedeció. Kate masticó despacio, a propósito. Marc se excitó tanto al verla relamerse que apenas podía soportar la cárcel de los vaqueros. Levantó una copa de vino y se la ofreció. Kate asintió, y él trató de darle de beber, aunque estaba tan nervioso que le volcó el vino en la barbilla y en la camiseta. Se disculpó y tomó una servilleta, pero ella dijo:

–No uses eso.

Marc soltó la servilleta y la miró a los ojos.

–¿Qué quieres que use?

–Tu imaginación. Y si no funciona, usa la boca.

Marc pensó que casi podía levantar la mesa con la fuerza de su erección al ver que Kate se quitaba la camiseta y se quedaba sólo con un sujetador de encaje blanco y los vaqueros. Se puso de pie, se agachó y empezó a lamerle la barbilla, el cuello y el nacimiento de los senos.

Cuando terminó de limpiarla, volvió a su silla, con la esperanza de que Kate sugiriera que se olvidaran de la cena y fueran al dormitorio. Pero ella se levantó y se recostó de lado en la mesa, justo enfrente de Marc.

–¿Sabes? –dijo, señalando un plato–. Esa tarta tiene muy buena pinta.

Él no sabía si tendría fuerza para ir a buscar el postre, teniendo en cuenta la postura de Kate y su excitación. Sin embargo, se obligó a ir hasta el otro extremo de la mesa para cortar un trozo de tarta.

Volvió con ella y le ofreció un bocado. Kate sacudió la cabeza.

–No es para mí, es para ti.

Acto seguido, Kate se sentó, se quitó el sujetador, hundió un dedo en la tarta y se dibujó círculos en los senos.

A Marc no le gustaba la nata montada, pero dejó sus gustos a un lado para saborear a una mujer que no dejaba de sorprenderlo. Después de que Kate se tumbara en la mesa, no tuvo problema en quitarle la tarta con la boca. Se entretuvo mordisqueándole los pezones, la lamió hasta el obligo y pensó que lo mejor estaba por llegar.

Cuando se puso en pie, Kate lo miró consternada.

—¿Ha terminado la fiesta? —preguntó.

—Acaba de empezar. Siéntate.

Ella hizo lo que le pedía, y Marc le desabrochó los vaqueros y se los quitó, dejándola con las braguitas de encaje blanco.

—Me gusta más la mousse de chocolate —dijo.

Kate tragó saliva.

—Estoy de acuerdo. Está muy buena.

—E intentaré que sepa mucho mejor.

Marc hundió las manos en el cuenco y le pintó las piernas con el postre. Acto seguido, se agachó, empezó por un tobillo y subió con la lengua hasta el nacimiento del muslo. Pasó a la otra pierna e hizo lo mismo hasta acabar con el mousse.

Cuando se enderezó, ella estaba jadeando y lo miraba con los ojos cargados de deseo.

—¿Qué quieres que deguste ahora, Kate?

—Lo que te apetezca.

Él la tomó de las manos y la atrajo hasta el borde de la mesa.

—¿Lo que sea?

—Lo que sea.

—¿Estás segura? —insistió, quitándole las braguitas.

—Sí.

Marc empezó por besarla, introduciéndole la lengua en la boca, que sabía a vino y chocolate. Siguió por los senos, probándolos con lengua, labios y dientes, mientras ella le acariciaba la cabeza. Y terminó por sentarse en la silla que había ocupado Kate para centrar toda su atención en la suave calidez de su sexo, explorando el territorio primero con los dedos y después con la boca.

Había fantaseado con la escena, pero quería esperar al momento ideal. Y había llegado.

Kate pensó en pedirle que se detuviera, porque la intensidad de las sensaciones la apabullaba. Tanta intimidad la hacía sentirse expuesta, vulnerable y libre a la vez. Se dejó llevar, entregándose al placer que le proporcionaba Marc, con una dedicación y una habilidad estremecedoras.

El orgasmo la sacudió con tanta fuerza que tuvo que aferrarse a los hombros de Marc para no perder el equilibrio. Jamás había reaccionado tan enérgicamente al clímax.

Entendía por qué las mujeres se volvían locas por Marc. Era un amante incomparable. Pero lo que Kate amaba de él iba mucho más allá de sus habilidades amatorias. Amaba al hombre que había en su interior. Lo amaba con todo su corazón y lo amaría siempre, aunque no tuviera dinero ni un título nobiliario. Aunque nunca llegara a quererla.

Fue incapaz de contener las lágrimas y los sollozos. Marc levantó la cabeza y la miró con los ojos llenos de preocupación. Se puso en pie y la abrazó hasta conseguir que se tranquilizara. Entonces, se apartó un poco y le secó las lágrimas.

–¿Te he hecho daño?

Ella negó con la cabeza.

–¿Y qué es lo que pasa? –añadió él.

–No lo sé.

Marc le besó la frente y la tomó de la cara.

–No hemos hecho nada malo.

–No estoy avergonzada. Sólo sorprendida por mi reacción. Nunca me había pasado nada así.

–Me importas mucho, Kate. Sólo quiero darte placer y hacerte sentir tan bien como me haces sentir a mí.

Marc había dicho que solamente quería darle placer. Aunque Kate sabía de su resistencia al compromiso, le costaba aceptarlo. De todas maneras, disfrutaría del tiempo que pasara con él y atesoraría el recuerdo de aquellos momentos.

–Sólo estoy un poco abrumada.

–¿Estás segura de que eso es todo? Tú no sueles ocultar tus sentimientos.

Si él hubiera sabido que lo que ocultaba era que estaba enamorada de él, se habría retractado y, probablemente, habría salido corriendo.

–Ya se me ha pasado. En serio.

–¿Quieres que volvamos al palacio?

Lo último que deseaba Kate era irse de aquella cabaña. Los momentos que estaba viviendo con Marc no se iban a repetir, y pretendía disfrutar de cada segundo.

–En realidad, quiero que me lleves a la cama y me hagas el amor apasionadamente.

–¿Estás segura?

Ella sonrió a pesar de lo mucho que le dolía el corazón.

–Si crees que eres lo bastante hombre.

Cuando Marc llevó a Kate a su dormitorio no estaba seguro de ser lo bastante hombre para darle lo que necesitaba, al margen del aspecto físico. Las lágrimas de Kate lo habían tomado por sorpresa y lo habían hecho temer por su relación. Aun así, viéndola desnuda a la luz de la hoguera, mirándolo desvestirse con los ojos encendidos de pasión, sólo podía pensar en el momento que estaban viviendo.

Se tumbaron, y Kate empezó a acariciarle el pecho y el estómago. Pero Marc necesitaba demostrarle, y demostrarse, que podía estar en la cama con una mujer sin que el sexo fuera su único objetivo.

–Date la vuelta, Kate.

Ella lo miró perpleja.

–¿Qué?

–Ahora mismo sólo quiero abrazarte.

–¿Abrazarme?

–Sí. ¿Algún problema?

–No –contestó ella, vacilante–, sí es lo que quieres.

Marc la besó con ternura en los labios.

–Por ahora, eso es lo que quiero.

Ella se dio la vuelta, y Marc la abrazó por detrás, apretando los dientes al sentir el trasero de Kate.

–¿Estás cómoda? –preguntó, con la mejilla apoyada en la de ella.

–Estoy bien, Marc. No tienes que hacer esto.

–Quiero hacerlo.

Y quería, más de lo que había imaginado. Aquélla era una noche histórica para Marc. Tenía en los brazos a una mujer increíble y sensual, a una mujer a la que deseaba tanto que le dolía el cuerpo por la magnitud de su necesidad, y había descubierto que era más fuerte de lo que creía, de lo que todos creían. Todo gracias a Kate.

Quería volver a decirle lo mucho que significaba para él, pero tenía miedo de tener que reconocer su vulnerabilidad.

De modo que se limitó a abrazarla con fuerza y a disfrutar de placidez del momento, del perfume del pelo de Kate, de la crepitar del fuego en la chimenea, de la brisa fresca que se filtraba por los ventanales.

Justo cuando su cuerpo se empezaba a relajar, Kate movió el trasero y volvió a llevarlo a un estado de absoluta excitación. Giró la cabeza para mirarlo, y él respondió con un beso. Un beso largo e intenso que acabó con su determinación de limitarse a abrazarla.

–Kate, necesitamos...

–Necesitamos estar cerca –afirmó ella, tumbándose boca arriba–. Necesito estar cerca de ti. Y quiero sentirte dentro.

Marc sacó un preservativo de la mesita, se lo puso y se recostó encima de Kate. Cuando entró en ella, se sintió dominado por una plenitud absoluta. Se había protegido contra aquella sensación durante toda su vida, y no estaba preparado para lo que sentía.

–Me encanta hacer el amor contigo –murmuró Kate, entre besos.

–A mí también, *mon amour*.

Mi amor. La había llamado «mi amor».

Marc estaba impresionado. Jamás había dicho nada parecido en el calor del momento. Aunque se preguntaba si sólo era el calor del momento o si se estaba negando a reconocer la verdad.

En los ojos de Kate vio algo que iba más allá de la necesidad física. Tal vez esperaba más declaraciones, más de lo que él le podía dar.

Con esfuerzo, se apartó decidido a convertir aquel momento en una experiencia memorable para ella, aunque en el fondo sabía que se apartaba porque no sabía cómo comportarse.

–¿Qué haces? –protestó Kate.

–Date la vuelta y confía en mí.

Ella hizo lo que le pedía, y Marc la abrazó por detrás.

–Oh, sí –murmuró Kate cuando él volvió a introducirse en su interior.

Marc le acarició los senos con una mano y el pubis con la otra. Ralentizó sus embestidas para tratar de recuperar el control de sus emociones. Se había equivocado al creer que si no la miraba a los ojos podría distanciarse. Lo único que había conseguido era sentirse más unido a ella. Tal vez había llegado el momento de dejar de luchar contra Kate, contra sus sentimientos, contra sí mismo.

124

De repente, ella se puso tensa, y no por el clímax.

–¿Has oído eso?

–¿Qué?

–Pasos.

Marc apretó los dientes y se paró para escuchar.

–Imagino que serán los guardeses –dijo, jadeando–. Habrán venido a llevarse la comida.

–¿Estás seguro?

–No te preocupes. No nos molestarán.

Marc le deslizó la lengua por la oreja y cuando retomó el ritmo oyó pasos en el pasillo.

–Se acercan –murmuró Kate, sin dejar de mover la cadera.

–Tranquila. No van a entrar.

Sin embargo, Marc se preguntaba por qué habrían ido cuando él les había dado instrucciones precisas para que no lo molestaran.

–¿Y si entran?

En aquel momento, le daba igual quién entrara. Estaba a punto de alcanzar el éxtasis y sospechaba que Kate también. Aunque los pasos se oían cada vez más cercanos, aceleró el ritmo.

En el preciso instante en que llamaron a la puerta, Kate alcanzó el orgasmo y gimió complacida, arrastrando a Marc a su propio clímax. Pero un segundo golpe convirtió su euforia en ira y frustración.

–Tal vez deberías atender –susurró ella–. Puede que alguien te necesite.

Marc no quería dejarla.

–Aún no.

Sin embargo, quien estuviera llamando a la puerta no estaba dispuesto a dejar de insistir.

–¿Quién es? –gritó Marc, furioso.

Tras un momento de silencio se oyó:

–Siento molestar, su esquivísima grandeza, pero tengo que hablar con usted.

Era Nicholas. Marc se preguntaba qué estaría haciendo allí. A pesar de su enfado, comprendió que podía tratarse de una emergencia y se levantó de la cama. Después de quitarse el preservativo, se puso un albornoz y abrió la puerta.

–Más le vale tener un buen motivo –dijo, sin molestarse en ocultar su enfado.

–Perdone que lo importune, su graciosa virilidad. La reina madre me ha pedido que venga a buscarlos. Parece que nuestra huésped más joven se niega a dormir sin la ayuda de la doctora Milner. En la casa están todos enloquecidos. Habría llamado, pero se dejó el móvil en el palacio.

Marc se arrepintió de haber dicho dónde estarían Kate y él.

–Por Dios, Cecile es un bebé. No es tan difícil dormirla. Dígale a mi madre que Beatrice tiene que poder hacerlo.

–Está bien, Marc –dijo Kate.

Él se volvió a mirarla.

–Cecile sigue tratando de adaptarse –continuó ella–. No me importa ir a verla.

A Marc sí le importaba que les aguaran el plan de pasar la noche con Kate.

–En menos de una hora estaremos en el palacio. Mientras tanto, dígale a mi madre de que le debe un gran favor a Kate, y a mí también.

–Le daré su mensaje y, otra vez, siento la interrupción.

Nicholas se alejó, farfullando maldiciones. Marc no podía culparlo. A fin de cuentas, no había ido hasta allí por propia voluntad. Volvió a la cama y se sentó al lado de Kate.

–¿Es que nunca va a pasarse toda la noche durmiendo? –preguntó.

–Sí, cuando aprenda a volver a dormirse sola.

Pero no aprenderá mientras sigas con tus visitas de madrugada.

–¿Cómo lo sabes?

Ella le besó la mano.

–Porque las últimas noches he estado durmiendo en la habitación contigua a la de Cecile. No volvía a la casita de huéspedes hasta un par de horas antes del amanecer, cuando Beatrice me relevaba.

–Creía que hacía lo correcto.

–Creo que lo estás haciendo muy bien, pero tienes que dejar que aprenda a volver a dormirse sola.

–Lo reconozco. Me he vuelto un blando. No soporto verla llorar –confesó, besándola con ternura–. No soporto ver llorar a ninguna mujer, y menos si soy el causante de sus lágrimas.

Kate sonrió.

–Te aseguro que hace unos minutos no estaba llorando.

Él le devolvió la sonrisa.

–Lo sé. Estabas gimiendo.

–¿Sí?

–Sí, y a voz en grito. Y yo también.

–¿Crees que Nicholas nos ha oído?

–Es muy probable.

Kate se tapó la cara con las manos.

–¡Qué vergüenza!

Marc aprovechó que había soltado la sábana para acariciarle los senos.

–Esperaba hacer ruido toda la noche.

–Y yo. Aún no he visto la marca de nacimiento.

Él sonrió, se puso en pie, se dio la vuelta y se bajó el albornoz hasta poco más abajo de la cintura.

–Parece un helado invertido.

Marc sintió primero los dedos y después los labios de Kate encima de la nalga derecha. Fue todo lo que necesitó para convencerse de que no podía llevarla a ninguna parte salvo a la cama. Se volvió y dejó caer el albornoz.

–Creía que nos íbamos, Marc.

–Aún no –replicó él, avanzando sobre ella–. A esta hora, Cecile suele estar muy alegre. Mi madre y Beatrice pueden entretenerla mientras yo termino de entretenerte a ti.

–Pero tu madre sabrá por qué nos retrasamos.

–No me importa.

–No quiero que piense que...

Marc se apretó contra ella, haciéndole saber cuánto la deseaba.

–¿Que estamos haciendo el amor apasionadamente? No me importa lo que piense mi madre, Kate. Lo único que me importa es hacer lo que piensa que estamos haciendo.

Acto seguido, le recorrió el cuerpo a besos, decidido a demostrarle que era un hombre de palabra.

Capítulo Nueve

Kate y Marc consiguieron dormir a Cecile, como una verdadera familia. Sin embargo, Kate sabía que sólo era así en apariencia.

Cuando salieron de la habitación de la niña, Marc la abrazó y murmuró:

—Vamos a mi cama.

Aunque le habría encantado, cada vez que él la besaba o le hacía el amor, le robaba otro trozo de corazón.

—Creo que es mejor que vuelva a la casa de huéspedes. De lo contrario, no dormiremos nada.

Marc la soltó y se metió las manos en los bolsillos.

—Supongo que tienes razón. No podemos arriesgarnos a que los empleados sospechen. Eso sólo empeoraría las cosas.

Kate esperaba que Marc insistiera con su invitación. Pero una vez más, su reputación y los rumores les impedían vivir su aventura abiertamente.

—Antes de irme tengo que contarte lo que he averiguado. Al parecer, tu hermano tenía una amante, aparte de la condesa. Los vieron juntos en la casita, pero no he conseguido un nombre ni una descripción.

—No es mucho, pero es un comienzo.

—Sí. Aunque me temo que no podremos averiguar mucho más.

—Tenemos que seguir intentándolo. Tengo que saber si de verdad Cecile es hija de Philippe y decidir cuánta información estoy dispuesto a revelar a la prensa.

—Sinceramente, ahora estoy demasiado cansada para pensar en eso. Me gustaría dormir y descubrir al despertarme que los rumores eran sólo una pesadilla.

—Estás harta de esto, ¿verdad?

—Sobreviviré.

—Lo sé, pero tienes que saber que podría empeorar. Podrías tener problemas en la clínica. Creo que deberías pensar en las consecuencias profesionales. Tal vez tendrías que considerar la posibilidad de volver a Estados Unidos, por lo menos hasta que se aclare todo esto.

—¿Eso es lo que quieres que haga?

—No se trata de lo que yo quiera. Se trata de protegerte de la presión que he tenido que soportar toda mi vida. No es fácil de sobrellevar.

Hasta aquel momento, Kate había creído que estaba preparada para soportarlo, pero ya no estaba tan segura. Marc le había dicho que creía que era conveniente que se fuera de Doriana.

—Voy a considerar seriamente tu consejo —dijo, tratando de ocultar su enfado y su pena—. Si me fuera, se acabarían los rumores sobre nuestro supuesto romance.

—Kate, quiero que te...

—Lo sé, Marc. Quieres me ponga a salvo. Y yo quiero irme a la cama, sola, para poder dormir.

Kate se dio la vuelta antes de que se le escaparan las lágrimas.

—Iré a verte por la mañana.

Ella se detuvo en el pasillo y, sin volverse, dijo:

—Mañana preferiría estar sola.

Acto seguido, salió corriendo, aunque con la esperanza de que Marc la llamara y le dijera que no quería que se fuera. Pero no lo hizo.

Era previsible. Marc tenía demasiadas preocupaciones. Y obviamente, Kate lo había entendido mal cuando le había llamado «mi amor». Tal vez se lo dijera a muchas mujeres.

Pero ella no estaba compitiendo con una mujer, sino con un reino. Y le convenía recordarlo, aunque nunca se olvidara del tiempo que habían compartido ni de él.

El domingo, Marc respetó el deseo de Kate y ni siquiera estaba en el palacio cuando ella fue a ver a Cecile y a Mary.

El lunes por la mañana, Kate se arrepentía de no haberle dicho que estaba enamorada de él. Por lo menos habría aliviado un poco la carga.

Decidió ir temprano al hospital para terminar de rellenar unos informes. No quería dejar ningún asunto pendiente, por si decidía volver a Estados Unidos. Aquello que incluía sus asuntos pendientes con Marc.

Estaba caminando por el pasillo cuando oyó gritos procedentes del despacho de Renault. Se detuvo a escuchar y comprobó que el médico había desobedecido la orden del rey. También reconoció la voz de Caroline, su ayudante e intérprete.

Se acercó a la puerta para escuchar mejor y creyó que se le paraba el corazón cuando oyó a la enfermera decir:

—Hice lo que me pediste y dejé a la niña en el palacio con la nota. No voy a hacer nada más, Jonathan.

—El rey me ha echado de la clínica. No me detendré hasta destruirlo.

—Pues tendrás que hacerlo solo.

—Entonces, todo ha terminado entre nosotros —replicó Renault.

–Te aseguro que no me importa, cerdo.

A Kate no la sorprendía que Renault se hubiera fijado en la enfermera; lo que le extrañaba era que Caroline hubiera sucumbido a sus dudosos encantos. Aun así, se alegraba de haber oído aquello, tanto por el insulto de Caroline como por la información que había obtenido sobre la misteriosa llegada de Cecile al palacio.

En aquel momento, Renault abrió la puerta, la miró con desdén y se dirigió a toda prisa a la sala de espera.

–Hasta nunca –murmuró Kate.

Caroline salió al pasillo y, al verla, se llevó una mano temblorosa a la boca.

–No sabía que hubieras llegado.

–Tenemos que hablar –dijo ella, señalando hacia el despacho–. A solas.

Cuando las dos entraron, Kate cerró la puerta y se volvió a mirar a la enfermera, que parecía estar a punto de desmayarse.

–He oído tu discusión con Renault y sé que fuiste tú quien dejo a Cecile en la puerta del palacio. ¿Eres su madre?

Caroline negó con la cabeza, y se le llenaron los ojos de lágrimas.

–No, pero la crié desde que nació.

–Entonces sabes quién es la madre.

–Sí. Era mi mejor amiga.

–¿Y dónde está?

–Murió en el parto.

A Kate se le hizo un nudo en la garganta.

–¿Por qué no lo dijiste antes?

–Porque se lo prometí a Jonathan.

–Ese desgraciado no tiene derecho a pedirte nada. ¿Cómo te convenció?

–Me amenazó con echarme del hospital.

–¿Y por qué le hablaste de Cecile?

–Porque éramos amantes y creí que podía confiar en él. Entonces se le ocurrió dejar a la niña en el palacio con una nota anónima que dijera que era una DeLoria. Dijo que era para protegerme, pero lo único que quería era vengarse del rey, porque había amenazado con despedirlo por las quejas del personal. Lo odia.

–Hay una cosa que no entiendo. ¿Él te convenció para que abandonaras a la niña y dejaras una nota diciendo que era una DeLoria?

–Es una DeLoria.

–¿Y quién es el padre?

–Philippe.

Kate respiró aliviada.

–¿Tu amiga y Philippe eran amantes?

–Eran más que eso –afirmó la enfermera–. Estaban casados. No lo sabía nadie, porque Philippe creía que el pueblo no aceptaría a Lisette. Era una plebeya que trabajaba en la sastrería de Saint Simone. Se conocieron allí. Se querían mucho, pero tuvieron que mantener su amor en secreto. La condesa Trudeau estaba enterada y accedió a hacerse pasar por su prometida hasta que el rey decidiera cómo anunciar su intención de abdicar. Quería estar con Lisette y criar con ella a su hija.

–Estaba dispuesto a renunciar a todo por la mujer que amaba.

–Sí, pero no tuvo la oportunidad de contárselo a nadie –dijo Caroline, llorando–. Nunca llegó a ver a su preciosa hija.

La tragedia empezaba a desvelarse, pieza por pieza, y Kate tuvo que hacer un esfuerzo para contener las lágrimas.

–¿Estabas con Lisette cuando dio a luz?

–Sí. Te aseguro que traté de salvarla, pero cuando me di cuenta de que tenía problemas, llamé al rey. Acaba de llegar de París, e iba a buscar a Lisette para llevarla al hospital cuando perdió el control del coche.

—Y Lisette...

—Murió unas horas después de dar a luz. Me hizo prometer que ayudaría a Philippe a criar a la niña y que le diría que siempre lo amaría. No tuve la oportunidad, pero me hice cargo de Cecile y la quise con todo mi corazón. La sigo queriendo. Pero siempre pensé que tenía que estar con su familia. Pero no sabía qué hacer, porque nadie estaba al tanto de lo de Lisette y Philippe.

Aunque sus dudas habían amenazado la reputación de Marc, Kate entendía el dilema de la mujer.

—Caroline, siento que te hayas visto involucrada en este lío, pero cuidaste muy bien de Cecile. Es una niña feliz y saludable. La familia te debe mucho por eso.

—Estoy dispuesta a darle todos los detalles al rey y a aceptar las consecuencias de mis acciones.

—Estoy segura de que la familia real entenderá que estabas en una situación muy difícil y será indulgente contigo. En cambio, dudo que sea tan amable con Renault.

—Merece el peor de los castigos —declaró Caroline, con furia—. Es el responsable de los rumores y de los intentos de desacreditar al rey. Y a ti.

—Bueno, por lo menos ahora podemos aclararlo todo.

—Recogeré mis cosas y me iré hoy mismo. En las oficinas de la clínica tienen mi número de teléfono.

—No puedes marcharte, Caroline.

—Pero creía que...

—¿Que ibas a perder el trabajo? No, si puedo impedirlo. Eres una enfermera excelente. La clínica te necesita. Y yo también.

Caroline la abrazó.

–Muchas gracias, Kate. La clínica también te necesita a ti. Los pacientes no habían estado nunca tan bien atendidos.

El comentario la hizo pensar. Los pacientes la necesitaban, y si volvía a Estados Unidos, los dejaría plantados. Comprendió que tenía que quedarse, por lo menos hasta que encontraran a un sustituto, o hasta que Marc tratara de convencerla para que no se marchara.

Marc. Tenía que llamarlo de inmediato y contarle que el rompecabezas se había resuelto.

Marc condujo su Corvette a toda velocidad, dejando atrás el coche blindado lleno de guardaespaldas y a su madre, que esperaba noticias en el palacio. Llegó al hospital en tiempo récord, después de recibir la llamada de Kate diciendo que había resuelto el misterio del parentesco de Cecile. Corrió por los pasillos hasta el despacho de Kate, y la encontró sentada en el borde del escritorio.

–¿Cecile es hija de Philippe? –preguntó sin rodeos.

–Sí, es hija de tu hermano.

Marc se estremeció al oír la confirmación.

–¿Y la madre?

–Trabajaba en la sastrería de Saint Simone.

–¿Y dónde está?

Kate bajó la vista.

–Murió al dar a luz a Cecile, la misma noche en que murió Philippe cuando iba a buscarla para traerla aquí.

–Entonces tenía una amante secreta.

–No, Marc, no era su amante. Era su esposa. Y Philippe estaba a punto de abdicar para poder vivir con ella y con su hija.

Marc no podía estar más impresionado.

–¿Nadie lo sabía?

–Sólo Caroline, la enfermera. Era amiga de la madre de Cecile, y cuidó de la niña hasta que la dejó en el palacio. Jonathan Renault también estaba implicado. Y hay más.

Kate le contó lo que sabía sobre Philippe y Lisette, sobre la enfermera y su relación con Renault, y sobre los planes de Renault para destruirlo. Cuando terminó, añadió:

–Ahora que está todo aclarado, quiero pedirte que no seas muy duro con Caroline. Ha sido víctima de Renault. Es una buena enfermera y, de no ser por ella, ¿quién sabe qué habría sido de Cecile?

–Me encargaré de que conserve su trabajo. Pero tendré que hacer que detengan a Renault por traición.

–Se ha ido a París. He hablado personalmente con su casero y me ha dicho que se había marchado hace una hora.

–¿Has intentado enfrentarte con Renault en su casa? Has corrido un gran riesgo.

Ella sonrió.

–Dije que quería una aventura, y ha sido algo parecido.

A él no le gustó el tono; parecía que la aventura hubiera terminado.

–Por lo menos ahora podrás trabajar sin tener que preocuparte por la prensa y por Renault.

–He decidido quedarme sólo hasta que encuentres a alguien que me sustituya, Marc. Tenías razón cuando dijiste que debía volver a Estados Unidos. Tal vez sea lo mejor para todos, sobre todo para ti.

Él sintió pánico.

–Ya no tienes motivos para irte. Todo el mundo sabrá que no eres la madre de Cecile.

–Si decides revelar la verdad. Y dudo que debas hacerlo, teniendo en cuenta lo que podría significar para la reputación de Philippe.

Marc no estaba dispuesto a arriesgarse a ensuciar el recuerdo de su hermano. Por mucho que sufriera la presión de hacer honor al ejemplo de Philippe, quería que fuera recordado como el gran hombre que había sido, un hombre que había estado dispuesto a renunciar a su título por amor.

Un concepto que Marc desconocía antes de reencontrarse con Kate. Aunque no quería que se fuera, no podía retenerla en contra de su voluntad.

—Si quieres marcharte, es tu decisión. Pero me gustaría que te quedaras.

—¿Por qué, Marc?

—El hospital te necesita.

—¿Sólo por eso?

—Cecile también te necesita. Y yo...

En aquel momento llamaron a la puerta, y Marc interrumpió su declaración y soltó una catarata de insultos cuando al abrir comprobó que, una vez más, era Nicholas quien molestaba.

—Perdón, majestad, pero su madre insiste en que vuelva al palacio inmediatamente. Renault ha presentado cargos contra usted. Afirma que amenazó con matarlo y que por eso ha abandonado el país.

—Ese canalla —espetó Marc—. Kate, tengo que...

—Ve. De todas maneras, tengo pacientes que atender.

—Hablaremos en cuanto tenga un minuto libre.

—Entonces, supongo que nos veremos dentro de un mes.

Kate sonrió, pero no antes de que él viera la decepción en sus ojos.

—Hablaremos luego. Te lo prometo.

Marc se marchó, odiándose por haberle causado más dolor y por haber sido un cobarde. Había tenido la oportunidad ideal para decirle que la necesitaba y la quería más de lo que podía expresar, pero se había callado.

Una vez más, sus responsabilidades como rey habían interferido con su vida privada, y aquello le hacía preguntarse si Kate estaría dispuesta a renunciar a la intimidad para estar con él, y si él sería tan egoísta como para pedirle que lo hiciera.

A diferencia de Philippe, no tenía a nadie que lo sustituyera si decidía renunciar a la corona por amor. Pero no sabía si podría vivir si renunciaba a Kate.

Capítulo Diez

–Ésa es la historia de Cecile, madre.

Marc estaba sentado en la biblioteca con su madre, impaciente por ver su reacción y sorprendido de lo tranquila que parecía.

–Supongo que no conocía tan bien a Philippe como creía –dijo ella–. Y me apena que pensara que no podía recurrir a mí, porque lo habría entendido.

–Tal vez tú sí, pero el país no habría aceptado su elección.

–El país es más tolerante de lo que cree la mayoría de la gente. Cuando tu padre me trajo aquí, me aceptaron de inmediato.

–Tal vez porque tenías más encanto que la mayoría de las mujeres. Y porque no eras exactamente una plebeya.

–Me aceptaron porque reconocieron que quería mucho a tu padre, y dos personas enamoradas son dignas de respeto.

Marc entendía a su madre, pero en aquel momento no tenía tiempo para pensar en el amor, en su amor por Kate. Sin embargo, necesitaba hacerlo, y pronto. Antes de que Kate lo dejara.

–Tengo que decidir cómo resolver el escándalo que ha montado la prensa –dijo–. La gente me pide respuestas.

–Tienes que pensar seriamente esas respuestas. Sobre todo lo relacionado con la denuncia de Renault. ¿Amenazaste con matarlo?

–Fue una amenaza velada, pero no insinué nada sobre matarlo, aunque la idea me cruzó la mente.

–Me sorprendes, Marc. Siempre has sido muy diplomático.

–Dijo que Kate era una buscona.

–¿Y no le diste un puñetazo?

Marc no pudo evitar sonreír, aunque sólo un momento.

–Lidiaré con él sin recurrir a la violencia, madre. Ahora mismo, lo que más me preocupa es decidir qué revelar sobre el parentesco de Cecile.

La reina suspiró.

–Estoy orgullosa de que Cecile sea mi nieta, pero odio que la corona supusiera una presión tan terrible para Philippe. Odio que perdiera la vida porque se sentía obligado a negar su verdadero amor. Y veo que a ti te pasa lo mismo. A veces me gustaría que no estuvieras condenado a ser rey.

–No tengo elección.

–Deberías tenerla, Marc. Sobre todo cuando se trata de la persona a la que eliges amar.

Marc sabía que se refería a Kate, pero no estaba preparado para hablar del tema con su madre.

–¿Cómo crees que debería tratar lo de Cecile? Quiero saber qué deseas que haga.

–Quiero que la críes como si fueses el verdadero padre.

Él no podía considerar otra cosa. Quería a la niña como si fuese su hija y seguiría protegiéndola en todo momento.

–Esa intención tenía, aunque sea hija de Philippe.

–Entonces, miente en la respuesta. Y quiero que luches por tu derecho a vivir el amor que mereces con Kate.

–Madre, yo...

–Nunca le has tenido miedo a nada. Siempre

eras el que trepaba a los árboles, el que escalaba los muros que rodean el palacio. No tengas miedo de amar.

—No tengo miedo de amar. Es sólo que no sé cómo hacerlo.

—Nunca lo sabrás si no lo intentas. Kate merece que lo hagas.

—Me temo que, sin querer, he sido injusto con ella. Todo este tiempo he creído que no podía darle lo que necesita: una vida propia, no una vida en la que todo el mundo esté pendiente de sus movimientos.

—¿Le has dado la posibilidad de elegir?

Marc apartó la vista.

—No.

—¿La quieres?

—Sí, madre, con toda mi alma.

No le había dolido reconocerlo; no se le había caído el techo encima ni se lo había tragado la tierra.

—¿Y qué contestó cuando se lo dijiste? —preguntó Mary.

—No se lo he dicho.

—¿Y qué estás esperando? ¿Un edicto real?

Él había estado esperando el momento, el lugar y las palabras exactos.

—No es que no haya tenido nada mejor que hacer, madre —se excusó.

—Pero has tenido tiempo para hacer el amor con ella.

—No pienso hablar de eso contigo.

—No soy tonta, Marc. Sé por qué la llevaste a la cabaña. Y te aseguro que Kate respeta mucho tu intimidad. Sólo espero que esta vez hagas lo mismo.

El comentario lo sacó de quicio. Estaba harto de que lo condenaran por su fama de mujeriego.

—Ya no soy el de antes, madre. Lo creas o no, he cambiado.

Ella le puso una mano en el hombro.

—¿Lo suficiente como para querer a una sola mujer? ¿Lo suficiente como para ser un buen padre y un hombre del que su padre estaría orgulloso?

Marc nunca había querido a ninguna mujer como quería a Kate.

—No sé. ¿Tú qué crees?

—Creo que has cambiado mucho, mi vida.

—En ese caso, deberías dejar de tratarme como si fuera un niño.

Ella le dio un beso en la mejilla.

—Aunque siempre serás mi niño, eres un hombre y estoy muy orgullosa de ti.

Marc había esperado aquellas palabras toda su vida.

—Gracias, madre. Gracias por tener fe en mí.

Mary le dio una palmada en el hombro.

—Y estaría mucho más orgullosa si hicieras otra cosa por mí.

—¿Qué?

—Casarte con Kate.

—Hemos estado muy poco tiempo juntos como para tomar una decisión tan importante.

—Habéis estado juntos el tiempo suficiente para enamoraros.

Pero Marc no sabía si Kate estaba enamorada de él. A fin de cuentas, había repetido una y otra vez que sólo quería una aventura. Y apenas unas horas antes le había dicho que tenía intención de dejarlo.

—Kate está pensando en volver a Estados Unidos.

Mary lo miró perpleja.

—¿Por qué no me lo habías dicho?

—Porque ya tenías bastante con lo de Cecile. Sé lo mucho que la aprecias.

—¿Y qué piensas hacer para impedir que se vaya?

—La verdad es que no lo sé. Me debato entre mis responsabilidades como rey y lo que siento por Kate.

–Tienes que encontrar una forma de compaginar las dos cosas, Marcel. La vida es muy corta.

–¿Y si Kate decide irse, le diga lo que le diga?

–Tendrás que convencerla para que se quede.

–¿Y cómo se supone que tengo que hacerlo?

La reina soltó una carcajada.

–Te has pasado la vida seduciendo mujeres. Eres muy inteligente. No dudo que encontrarás la forma. Confío en ti. Y doy por sentado que seguirás mi consejo.

–Lo haré, y trataré de ganarme el corazón de Kate.

–Tienes su corazón, hijo. Lo que necesitas es un plan para conseguir su mano.

Marc se puso de pie, impulsado por su determinación.

–Me ocuparé de eso inmediatamente. Sólo espero que Kate no se haya subido a un avión.

–Lo dudo, querido. Si la conozco bien, es probable que esté buscando la forma de convencerte de que el amor es mucho más que una palabra de cuatro letras.

Él la tomó de la mano y la atrajo hacia su abrazo, feliz de haber redescubierto el amor de su madre. Y el amor por Kate lo llevó a salir por la puerta e ir corriendo a su despacho, seguido por Nicholas.

–Vaya a buscar a Brigante y dígale que venga a verme inmediatamente –le dijo–. Quiero organizar una rueda de prensa para esta misma tarde. Y necesitaré su ayuda.

Nicholas hizo una reverencia.

–Como siempre, estoy a su servicio, majestad.

–¿Majestad? ¿Se está volviendo indulgente conmigo, Nicholas?

–Por supuesto que no. Lo llamaré con el título que considere que merece en función de lo que planee hacer.

—Explíquese.

—Si sus planes incluyen casarse con la doctora Milner, entonces merecerá que lo llame «sensatísimo». Si no, tendré que llamarlo «su soberana estupidez».

Marc frunció el ceño.

—¿Ha oído mi conversación con mi madre?

—Me ofende que piense algo así. Sólo me baso en mis observaciones.

—Bien.

—Sin embargo, coincido con su madre en la importancia de tener una buena mujer a su lado, y debo decir que la doctora Milner es la flor y nata de las mujeres. No encontrará otra mejor.

—Gracias por su consejo, Nicholas. Y si no le importa, ahora tengo que darle instrucciones.

En las horas siguientes, la vida de Marc iba a dar un vuelco definitivo. Y si perdía el control, tendría a Kate como ancla. La quería en su vida, en su cama. Como su esposa y compañera.

La quería más que a la corona. Y nadie le iba a impedir que la tuviera.

Kate lamentaba que Nicholas los hubiera interrumpido. Marc había estado a punto de decirle por qué quería que se quedara. Como desconocía cuáles eran sus motivos, pensó en las cosas a las que renunciaría si se iba.

Le encantaba su trabajo. Quería a Cecile como si fuese su propia hija, y a Mary, casi tanto como a su madre. Y, sobre todo, quería a Marc.

La pregunta era si él la quería o podía llegar a quererla. Estaba dispuesta a hacer lo que fuera para convencerlo, aunque fuera el hombre más terco y sensual que había conocido. Jamás se había amedrentado ante los desafíos, y no era momento de empezar.

Tenía un paciente que atender y una larga noche para tomar decisiones. Tenía que elegir entre las responsabilidades de su vida laboral y las de su vida privada. Si Marc ponía fin a su relación, no estaba segura de poder soportar el tener que verlo a diario, sabiendo lo que podría haber sido. Pero tampoco podía soportar la idea de dejar a Cecile y a Mary. Y a él.

No había vuelto a saber nada de Marc desde que se había marchado de su despacho aquella mañana, pero entendía que no tuviera tiempo para ella, teniendo en cuenta todo lo que debía afrontar.

—Doctora Milner, tengo órdenes de escoltarla a la plaza mayor.

Kate levantó la vista para mirar a Nicholas, que estaba de pie en la puerta con gesto preocupado.

—¿Hay alguna emergencia médica? —preguntó, confundida.

—No.

—Pero aún tengo que atender a un paciente.

—El doctor Martine ya se está ocupando de eso. Esto es de suma importancia.

Ella se puso en pie.

—¿No puede darme una pista?

—Tengo órdenes de no decir nada más. Le ruego que me siga.

Kate estaba a punto de protestar, pero pensó que sería una aventura más entre tantas. Y tal vez, la última en mucho tiempo.

Cuando salieron por la puerta principal del hospital, los rodearon cuarto guardaespaldas armados. Por fortuna, a diferencia de la última vez que Kate había utilizado aquella puerta, no había periodistas.

Recorrieron en silencio las cuatro calles hasta que se toparon con una multitud de espectadores y periodistas reunidos en la plaza. Nicholas le indicó que lo siguiera a un área acordonada y protegida por numerosos policías. Sólo entonces Kate vio que había un estrado y que en el centro estaba el rey. Cuando él la miró, ella alcanzó a ver un brillo misterioso en sus ojos antes de que volviera su atención a la concurrencia.

Marc empezó a hablar en francés. Kate entendía algunas palabras, pero no las suficientes para saber qué pasaba.

–¿Qué dice? –le preguntó a Nicholas.

–Está hablando de sus planes de mejora para el hospital y ha dicho que va a subastar su coche para conseguir los fondos necesarios para la ampliación de las instalaciones.

–¿El Corvette?

–Eso parece.

Kate no se podía creer que fuera a renunciar a su coche favorito.

–¿Y ahora qué dice?

–Está explicando los problemas que ha tenido con Renault y negando sus acusaciones.

–Espero que lo crean.

En aquel momento, una atractiva mujer se acercó al podio y se detuvo al lado de Marc. Kate no pudo evitar sentir unos celos irracionales.

–¿Quién es? –le preguntó a Nicholas.

–Es una intérprete. El rey va a hablar en inglés.

–Menos mal. Así podré entender lo que dice.

–Ahora quisiera hablar sobre el misterioso «bebé del palacio» –empezó a decir Marc–. Se llama Cecile y, como se ha rumoreado, es una De-Loria. De momento, sólo diré que fue concebida con amor y que cuenta con todo mi amor de padre.

Marc hizo una pausa para buscar a Kate y sonrió.

–También quisiera presentar públicamente a otra mujer muy especial en mi vida. Alguien a quien conozco hace mucho tiempo, pero a quien sólo tengo el privilegio de conocer bien desde hace unas semanas.

A Kate se le aceleró el corazón.

–Y si me hace el honor de acercarse –continuó Marc–, quisiera preguntarle algo.

Ella se volvió a mirar a Nicholas, completamente aturdida.

–¿Está hablando de mí?

Nicholas asintió con una sonrisa de oreja a oreja.

Kate no estaba segura de poder moverse. Sentía que tenía los pies pegados al suelo, tenía un nudo en la garganta y se le había nublado la vista. De no haber sido por la ayuda de Nicholas, no habría podido llegar al podio. Pero en cuanto subieron al estrado, Marc fue a buscarla y la llevó de la mano hasta el centro.

Cuando se volvió a mirarla y apartó el micrófono, Kate sintió que el mundo que los rodeaba había desaparecido. No veía nada aparte de aquellos ojos azules, aquella sonrisa única y aquellos encantadores hoyuelos. No oía nada aparte de lo que él estaba diciendo.

–Te amo, Kate, y quiero que seas mi esposa.

Ella abrió la boca, pero la emoción le impidió hablar.

–¿Me quieres, Kate? –preguntó él.

–Sí. Siempre te he querido y siempre te querré. Pero Marc, no soy de la realeza. Sólo soy.... yo.

–Y es a ti a quien quiero. A ti a quien elijo. Lo demás no importa.

–A tú pueblo podría importarle.

–Supongo que tendremos que averiguarlo –dijo, volviendo a poner el micrófono en su sitio–. Le he pedido a la doctora Milner que se case conmigo. ¿Qué creen que debería contestar?

La palabra «sí» reverberó a su alrededor, en varios idiomas y pronunciada por miles de voces.

Marc la miró con intensidad.

–Creo que ya tienes su respuesta; ahora necesito la tuya.

Como ella no respondía, se acercó y le susurró al oído:

–Una sola sílaba, Kate. Una gran aventura. Juntos. Siempre.

Ella no podía negarse a semejante ovación ni al hombre al que amaba con cada latido de su corazón.

–Sí.

Marc se volvió hacia el público.

–*Oui* –exclamó–. Ha dicho que sí.

La gente aplaudió enfervorizada cuando el rey abrazó a Kate y la besó sin vacilación. Un beso que Kate sintió en el fondo de su alma. Después de separarse, Marc sonrió, Kate lloró, y Mary se unió a ellos, secándose las lágrimas.

Los tres se abrazaron un momento y bajaron juntos del estrado. Mientras los guardaespaldas los escoltaban a los coches, un periodista gritó:

–Doctora, ¿cuál es su relación con la niña llamada Cecile?

Se hizo un silencio sepulcral.

–No tienes que contestar –le dijo Marc entre dientes.

Ella se volvió hacia el hombre que había hecho la pregunta y declaró:

–Es mi hija.

–Buen espectáculo, doctora –dijo Nicholas, que iba detrás de ellos.

Marc le apretó la mano.

–Muy buen espectáculo, *mon amour*.

Cuando llegaron a los vehículos, Mary acarició la cara de Kate con reverencia.

–Siempre he confiado en mi instinto, querida, y veo que no me equivoco.

Ella la volvió a abrazar.

–Supongo que tengo que aprender a confiar en el mío.

Mary sonrió y les dijo que se fueran con Nicholas, que ella regresaría al palacio en otro coche.

–Nos vemos en casa –dijo Marc, sintiendo que por fin tenía un hogar.

Acto seguido, miró a Kate a los ojos y se dio cuenta de que su hogar siempre había estado allí, esperando a que lo llenara con una mujer extraordinaria con la que podía compartir su vida, en lo bueno y en lo malo. La mujer que muchos años atrás lo había rescatado de una rana; la mujer que merecía más que nadie el título de reina. Su reina.

La mujer que le había enseñado a amar.

Epílogo

Aquel día, Kate se había convertido en la reina Catalina Milner DeLoria. Apenas tres meses antes había llegado a Doriana siendo la doctora Katerine Milner, y aquel día de septiembre estaba viviendo su propio cuento de hadas.

Recorrió las calles atestadas de gente en una carruaje decorado con flores de los jardines del palacio y tirado por un caballo blanco. Tal vez no fuera la boda real del siglo, pero para ella había tenido todo lo que siempre había soñado: un vestido de novia que había sido usado durante generaciones por las reinas de Doriana, una ceremonia tradicional en la catedral y, lo más importante, un novio maravilloso que podía dejar paralizada a cualquier mujer con sólo mirarla.

La atmósfera parecía surrealista, de ensueño, pero el esposo de Kate era muy real. Marc le sujetaba la mano y saludaba, con una sonrisa creada para complacer a la multitud. Hasta que se volvió a mirarla y su sonrisa se transformó en una promesa de amor. A Kate se le derritió el corazón ante la certeza de que aquel amor era sólo para ella y para toda la vida, como habían prometido en sus votos.

Cuando el carruaje se detuvo para permitir que los guardias despejaran las calles de los periodistas que insistían en tomar la mejor foto, Marc le susurró al oído:

—¿Sabes? Con toda la tela que tiene ese vestido,

podría meterte la mano por debajo de la falda y nadie lo notaría.

—Yo sí —contestó ella, imaginando la escena.

—¿Llevas esos endemoniados pantys?

Kate sonrió y sacudió la cabeza.

—Llevo medias y un liguero de encaje.

Marc le lamió el lóbulo de la oreja.

—¿Nada más?

—Si sigues haciendo eso, rey Marcelo, voy a dejar que lo averigües aunque el mundo entero nos esté viendo por televisión.

—Malditas cámaras. Pero sólo falta un kilómetro para llegar; después estaremos en un avión privado rumbo a Grecia, donde podremos hacer lo que nos plazca, donde y cuando queramos. Lo primero que pienso hacer cuando aterricemos es conseguir una botella de champán y quitarte ese vestido.

—Suena muy bien.

—¿Te he dicho lo que pienso hacer con el champán? —preguntó él, saludando a la multitud como si estuvieran hablando del tiempo.

—No.

—Voy a rociar con él tu precioso cuerpo y lo voy a lamer lentamente.

Ella lo besó en la boca, y el público festejó el gesto.

—Y yo te voy a hacer lo mismo.

—Esta procesión no podría ser más lenta —gruñó Marc—. Me voy a morir de deseo antes de que empecemos el viaje de bodas.

—Si no recuerdo mal, nuestro viaje de bodas empezó anoche, cuando apareciste en mis aposentos después de que tu madre te dijera que me dejaras sola para que pudiera descansar.

Él arqueó una ceja.

—¿Tus aposentos? Ya hablas como una reina. Y anoche no oí que te quejaras. Oí que gemías.

—Basta o harás que se me corra el maquillaje.

Él la miró detenidamente.

—No importa. Con maquillaje o sin él sigues siendo la reina más guapa que ha tenido Doriana, con mi madre en segundo lugar.

Kate suspiró y le apretó la mano.

—Voy a necesitar tiempo para acostumbrarme.

—Eres la primera reina de Doriana que tiene un trabajo remunerado.

«Gracias a Mary», pensó Kate. Su encantadora suegra había insistido en que siguiera trabajando en el hospital y se había mostrado dispuesta a defender su postura ante el gabinete. Por suerte, no había sido necesario. El escándalo desatado por los rumores había terminado con el anunció de la boda. Nadie sabía nada sobre Philippe y su esposa, pero Mary había prometido que lo revelaría cuando las aguas se hubieran calmado definitivamente. Mientras tanto, Marc y Kate criarían a Cecile como su hija, y le contarían la verdadera historia. Una historia de amor que merecía ser contada a través de los tiempos.

Marc miró hacia afuera y gruñó. Kate se asomó y comprendió el motivo de su enfado. Un joven muy apuesto estaba sentado en el capó de un descapotable negro, rodeado de jovencitas.

—Es tu Corvette, ¿verdad?

Él frunció el ceño.

—Sí, y le van a estropear la pintura.

—¿Vas a echar de menos captar la atención de todas las mujeres, ahora que estás casado?

Marc le pasó un brazo por los hombros y la atrajo hacia sí.

—Sólo voy a echar de menos el coche. Tengo a la única mujer que quiero.

—Aún no puedo creer que lo hayas donado para recaudar fondos.

–En realidad, lo he donado para cumplir una apuesta.

–¿Una apuesta?

–Sí. Con dos amigos de Harvard. Aseguramos que no nos casaríamos antes de que pasaran diez años de nuestra graduación. Si lo hacíamos, teníamos que renunciar a nuestro bien más preciado. Y yo sólo he esperado nueve años.

–¿Te arrepientes?

–Sólo me arrepentiría si tuviera que renunciar a ti. Ésa sería mi mayor pérdida. Puedo vivir sin el coche, pero no podría vivir sin ti.

Por segunda vez en el día, Kate estaba al borde de las lágrimas.

–¿Y tus amigos se han casado?

–No. Mitchell Warner vive en un rancho de Tejas.

–¿El Mitch Warner de la dinastía Warner? ¿El hijo del senador?

–Sí. Y Dharr Halim es jeque, y aunque su mujer está elegida desde que nació, aún no se ha casado.

–¿Han venido?

–No, pero Dharr ha enviado un regalo con una carta en la que nos da sus mejores deseos y dice que sabía que no cumpliría mi promesa. Los conocerás en la reunión que tenemos programada para esta primavera. Estoy seguro de que entenderán por qué no pude resistirme.

En aquel momento, Kate sólo entendía el deseo con que Marc la miraba. Echó un vistazo al carruaje que iba detrás de ellos, con la reina madre, Cecile y sus padres.

–Creo que mis padres se lo están pasando muy bien con Mary. Les está dando consejos para su viaje por Europa.

–A mi madre le encantan esas cosas.

–Sinceramente, no puedo creer que estén a punto de hacer ese viaje. Cuando vivía con ellos no iban a ninguna parte ni hacían nada. Yo les proporcionaba todo el entretenimiento.

—Puedo entender por qué disfrutan de tu compañía.

—Es agradable tener a alguien que te necesite. Pero hasta un límite.

Él la miró con seriedad.

—Pero yo te necesito, Kate.

—Es distinto, Marc. Nos necesitamos mutuamente. Además, tú tienes tu vida y yo la mía.

—Te prometo que, además, tendremos una vida en común.

—Lo sé. Pero quiero que sepas que entiendo tus responsabilidades —dijo ella, poniendo su mejor acento del sur de Estados Unidos—. Aunque seas un reyecillo de nada.

Marc sonrió.

—Temía que perdieras el acento después de aprender francés.

—No soportaría perder mi acento, como no soportaría perderte a ti.

—No me perderás nunca, Kate.

Ella lo miró con todo el amor de su corazón.

—Y creo que es maravilloso que hayas donado algo que apreciabas tanto por el bien de tu pueblo.

—Cecile y tú sois mis mayores tesoros. Los tres formamos un buen equipo. Y cuando crezca, tendremos más hijos.

Kate se dio cuenta de que había llegado el momento de hacer algunas revelaciones.

—Marc, tengo una cosa que decirte. En realidad, son dos.

Él frunció el ceño.

—¿Por qué estás tan seria?

—Porque no sé qué te va a parecer.

—Kate, nada de lo que digas podría decepcionarme.

–Pero podría sorprenderte.

–Mi vida está llena de sorpresas. Tú eres el mejor ejemplo.

–De acuerdo –dijo ella, respirando profundamente para armarse de valor–. Bernard y Beatrice se han casado.

–¿Qué? ¿Cuándo?

–Hace un mes, en una ceremonia íntima.

–Parece que en esta familia todo el mundo se casa en secreto.

–Nosotros no.

–Es cierto –reconoció él, acariciándole la mejilla–. Supongo que ésa era la noticia que querías darme.

Kate se mordió el labio inferior.

–En realidad, no.

–¿Qué más?

–Estoy embarazada.

A Marc se le iluminó la cara y le puso una mano en la tripa.

–¿Estás segura?

–Sí. Me hice la prueba hace dos días. Estaba impaciente por decírtelo, y he pensado que éste sería un buen momento, porque estás atrapado en el coche y no puedes escapar.

–Te prometo que no me voy a ninguna parte.

Para demostrarlo, Marc se la sentó en el regazo y la besó apasionadamente.

–Hoy me has bendecido dos veces, Kate –añadió–. Espero que sea otra niña, una hermana para Cecile. Reconozco que prefiero a las niñas.

Kate estaba emocionada por su optimismo, por su amor.

–Si tenemos un niño, quiero que sea como tú.

–Quiero que sea mejor que yo, Kate. Quiero que tenga tu espíritu, tu fortaleza.

–¿Cómo puedes decir eso, Marc? Eres el hombre más fuerte que conozco.

–Tú me das fuerza, Kate, con tu amor.

–Y tú haces lo mismo por mí.

Kate recordó lo que Mary le había dicho en el jardín, poco después de que llegara a aquel maravilloso país para encontrar su lugar en el mundo con un hombre increíble:

«Ojalá encuentres el mismo amor, mi querida Kate».

El deseo de Mary se había cumplido, y también el de Kate. El mujeriego consumado se había convertido en un rey consumado. El mejor amigo, el amante generoso, el mejor padre que un niño podía tener, la quería con todo su corazón.

Sin duda, un hombre adecuado para cualquier circunstancia, y el marido de Kate en todas ellas.

* * * * * *

No te pierdas el siguiente libro de la miniserie «Apostando fuerte»: *La promesa del amor* **de Kristi Gold**

NORA ROBERTS

**La Reina del Romance.
Disfruta con esta autora de
bestsellers del *New York Times*.**

Busca en tu punto de venta
los siguientes títulos, en los que
encontrarás toda la magia del romance:

Las Estrellas de Mitra: Volumen 1

Las Estrellas de Mitra: Volumen 2

Peligros

Misterios

La magia de la música

Amor de diseño

Mesa para dos

Imágenes de amor

Pasiones de verano

¡Por primera vez
disponibles
en español!

Cada libro contiene dos historias
escritas por Nora Roberts.
¡Un nuevo libro cada mes!

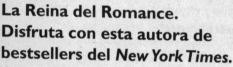

Acepte 2 de nuestras mejores novelas de amor GRATIS

¡Y reciba un regalo sorpresa!

Oferta especial de tiempo limitado

Rellene el cupón y envíelo a

Harlequin Reader Service®
3010 Walden Ave.
P.O. Box 1867
Buffalo, N.Y. 14240-1867

¡Sí! Por favor, envíenme 2 novelas de amor de Harlequin (1 Bianca® y 1 Deseo®) gratis, más el regalo sorpresa. Luego remítanme 4 novelas nuevas todos los meses, las cuales recibiré mucho antes de que aparezcan en librerías, y factúrenme al bajo precio de $3,24 cada una, más $0,25 por envío e impuesto de ventas, si corresponde*. Este es el precio total, y es un ahorro de casi el 20% sobre el precio de portada. ¡Una oferta excelente! Entiendo que el hecho de aceptar estos libros y el regalo no me obliga en forma alguna a la compra de libros adicionales. Y también que puedo devolver cualquier envío y cancelar en cualquier momento. Aún si decido no comprar ningún otro libro de Harlequin, los 2 libros gratis y el regalo sorpresa son míos para siempre.

416 LBN DU7N

Nombre y apellido	(Por favor, letra de molde)
Dirección	Apartamento No.
Ciudad	Estado	Zona postal

Esta oferta se limita a un pedido por hogar y no está disponible para los subscriptores actuales de Deseo® y Bianca®.
*Los términos y precios quedan sujetos a cambios sin aviso previo.
Impuestos de ventas aplican en N.Y.

Deseo®

El lecho del sultán
Laura Wright

La abogada matrimonialista Mariah
Kennedy estaba acostumbrada a co-
dearse con hombres ricos y despiada-
dos cada día en los tribunales. Su
nuevo vecino, el arrogante Zayad Al
Nayhal, era precisamente el tipo de
hombre en el que sabía que no debía
confiar.

El Sultán de Emand estaba en Califor-
nia para resolver una crisis familiar,
no para dejarse llevar por la atracción que sentía por la bella y testaru-
da Mariah. Pero ninguno de los dos
pudo resistirse y muy pronto su relación les exigía un compromiso que Zayad nunca había estado dispuesto a aceptar...

**Nunca había deseado comprometerse...
pero tampoco podía dejarla marchar...**

Bianca®

Cada vez que lo miraba, recordaba la pasión que habían compartido en otro tiempo...

Sólo unas semanas después de casarse con Jared Steele, Taylor había descubierto que él tenía una amante y que ella estaba embarazada. Desafortunadamente, perdió al bebé y a su marido...

Pero ahora Jared había regresado... y exigía volver con ella. De hecho, no le concedería el divorcio a menos que hiciera lo que le pedía. Aunque Taylor jamás podría olvidar el dolor que la había obligado a separarse de Jared, sabía que no podría resistirse mucho tiempo a la atracción que sentía hacia él.

Corazón traicionero

Elizabeth Power